DADDY RETTET DICH

PEPPER NORTH

Fotografie FURIOUSFOTOG/GOLDENCZERMAC
Cover-Modell NICK PULOS
Lektorat CHERYL'S LITERARY CORNER

Pepper North
With a Wink Publishing, LLC

ANMERKUNGEN DER AUTORIN:

Die folgende Geschichte ist gänzlich fiktiv. Die Charaktere sind ausnahmslos volljährig und entscheiden sich als Erwachsene dafür, ihr Privatleben in Ageplay-Beziehungen zu führen.

Jedes Buch der ABC-Türme ist eine eigenständige Geschichte. In den Folgebüchern der Reihe werden Charaktere auftreten, die bereits in früheren Romanen vorkamen, aber auch neue Gesichter. Edgewater Industries ist ein beneidenswerter Arbeitsplatz für Groß und Klein. Für die Littles ist er ein geschützter Rückzugsort.

Danke, dass Sie „Daddy passt auf dich auf" gelesen haben!

PROLOG

Sharon sank auf die für sie reservierte Bank im vorderen Teil der kleinen Kapelle, ihren Blick auf die polierte Holzurne gerichtet. Roger. Sie konnte nicht glauben, dass er gestorben war. Ein Schauer durchlief sie und sie schlang ihre Arme um sich.

Easton Edgewater streckte sofort seinen Arm über die Rückenlehne und zog seine ehemalige Verwaltungsassistentin an sich. Seine Wärme drang an ihre Seite und spendete ihr Trost. Er wandte sich an die Frau auf seiner anderen Seite und schlug vor: „Piper, Sharon ist kalt hier drin. Könntest du dich neben sie setzen?"

Easton klopfte seinem gerade eingetroffenen Mitarbeiter auf die breite Schulter, bevor er seinen Arm wieder zurückzog.

„Ich mache das schon", antwortete eine tiefe Stimme, die sie erstarren ließ. Piper lächelte den großen Mann an und setzte sich wieder.

„Knox." Sharon lächelte, als der Sicherheitschef von Edgewater Industries den leeren Platz neben ihr in Anspruch nahm.

Sharon beugte sich zu Knox und flüsterte: „Danke, dass du gekommen bist."

„Ich will in diesem Moment bei dir sein. Ich hätte früher hier sein sollen. Es tut mir leid."

1

„Du bist gerade noch rechtzeitig gekommen", versicherte sie ihm eilig.

Sharons Stimme brach, als sie mit der Hand auf den Tisch vor dem Altar deutete: „Diese Schachtel ist so klein. Es ist schwer, sich vorzustellen, dass Roger ... dass er da drin ist."

Knox drückte ihr sachte das Knie. Sharon wusste, dass er sie verstand. Ihre Gedanken beschäftigten sich mit den unmöglichsten Dingen, während sie versuchte, sich zusammenzureißen.

„Das genoppte Holz ist perfekt. Es erinnert mich an die handgefertigte Schale in deinem Eingangsbereich. Wo hat Roger die gefunden?", fragte Knox, als wolle er sie ablenken.

„In einer kleinen Holzschnitzerei in den Ozark Bergen von Missouri. Sie war furchtbar teuer, aber Roger kaufte sie für sich selbst und betrachtete sie fünf Jahre lang als sein Weihnachtsgeschenk an sich selbst. Er gab nicht viel aus, aber die Dinge, die er kaufte, liebte er." Sharon lächelte, als sie sich an seinen Gesichtsausdruck erinnerte, als er sie entdeckt hatte. „Er ließ sich vom Kunsthandwerker den gesamten Herstellungsprozess beschreiben. Wir waren mehrere Stunden in diesem Laden."

Eine Tür öffnete sich und der Geistliche trat ein. Ein Schweigen legte sich über die kleine Versammlung, als der Gottesdienst begann. Außer Sharon gab es auf beiden Seiten keine lebenden Verwandten mehr, die am Gottesdienst teilnahmen. Nur ihre Freunde füllten die spärlichen Kirchenbänke der Kapelle. Sharon wusste nicht so recht, wie sie sich bei der Trauerfeier verhalten sollte.

An vieles konnte sie sich nicht mehr erinnern. Ein paar Bibelverse, ein schönes Lied und dann war es vorbei. Sharon umklammerte die Handvoll Taschentücher, die sie mit ihren Tränen durchtränkt hatte und stand auf, um dem Pfarrer zu danken, als er sich ihr näherte. Knox nahm ihr die Tücher ohne Umschweife aus der Hand, damit sie die Hand des Geistlichen schütteln konnte.

„Sie haben mein tiefstes Beileid, Frau Ross. Wenn ich Ihnen in Ihrer Trauer beistehen kann, zögern Sie bitte nicht, mich anzurufen", bot der herzliche Mann an.

„Ich danke Ihnen. Ich weiß es zu schätzen, dass Sie die Trauerfeier geleitet haben. Ich musste mich verabschieden", drückte Sharon ihre Dankbarkeit aus.

„Wir alle brauchen einen Abschluss. Es war mir ein Vergnügen, dabei behilflich zu sein."

Als der Pfarrer ging, bemerkte Sharon, dass sie noch einen Scheck für ihn hatte. Sie fummelte an ihrer Handtasche herum und versuchte, sie zu öffnen.

„Es ist für alles gesorgt", versicherte Knox ihr.

„Danke."

Erschöpfung legte sich über sie. Wie lange war es her, dass sie geschlafen hatte? Sharon schwankte leicht hin und her. Die Leute strömten auf sie zu, um ihr ihr Beileid zu bekunden. Sie versteifte ihr Rückgrat und zwang sich, aufrecht zu stehen.

„Setz dich hierher", wies Knox sie an und führte sie zu einem hohen Hocker, den er von irgendwoher hervorgeholt hatte.

Dankbar blickte sie über ihre Schulter und nickte. Knox ließ sich in der Nähe nieder, damit sie mit den Anwesenden einzeln sprechen konnte, ohne sie aus den Augen zu lassen. Sharon genoss es, mit denen zu sprechen, die Roger gekannt hatten. Einige erzählten lustige Geschichten, die sie vergessen oder nie von ihrem Mann gehört hatte. Es war gut, sich auf all die positiven Seiten seines Lebens zu konzentrieren.

Als sich die Menge lichtete, erschien Knox an ihrer Seite. „Es ist Zeit zu gehen, Sharon. Möchtest du, dass ich die Urne trage?"

„Nein, das mache ich selbst."

Sharon ging mit ihm zu dem kleinen Tisch und fuhr mit einer Hand über das glatte Holz der Urne. „Ich vermisse ihn. Ich weiß, das klingt furchtbar, aber ich habe mich schon vor Monaten von dem Mann verabschiedet, den ich geheiratet habe."

„Das klingt aufrichtig, nicht furchtbar", bemerkte Knox.

Sie zog die Urne an ihren Körper und schlang ihre Arme um sie, um den Behälter anzuheben. Das Gewicht der Asche überraschte sie jedes Mal aufs Neue. Ein Kloß bildete sich in ihrem Hals und sie bekam keine Luft mehr. Blind wandte sie sich an Knox.

„Was soll ich nur tun?", fragte sie mit einer Stimme, die in ihren Ohren verzweifelt nachklang.

„Du wirst das tun, was dir dein Daddy bestimmt gesagt hat, als du seine Diagnose gehört hast. Du wirst trauern und den Mann vermissen, der dich mehr geliebt hat als das Leben selbst. Du wirst stolz auf dich sein, dass du dich um ihn gekümmert hast, bis seine Zeit gekommen war. Und du wirst herausfinden, wie du es dir erlauben kannst, zu leben und in den Jahren, die dir noch bleiben, glücklich zu sein."

Sharon schaute ihn erstaunt an, als Rogers Worte in ihrem Kopf widerhallten.

Ich liebe dich, Sharon. Vergiss das nicht. Vergiss all das hier. Lebe ein wunderbares Leben.

„Okay", flüsterte sie.

Knox legte einen Arm um ihre Taille und führte sie aus der schönen Kapelle hinaus in den hellen, sonnigen Tag. Sie blinzelte ins Licht, als sie herauskam. Das Leben ging weiter. Sharon drückte die Urne an ihren Körper.

Drei Monate später ging Sharon durch die Hintertür des Hauses, das Roger und sie wegen der herrlichen Aussicht gewählt hatten. Sie überquerte mit entschlossenem Schritt den langen Hinterhof. Das Gewicht der Urne in ihren Armen schien heute leichter zu sein als nach der Trauerfeier .

Als sie sich dem Wasser näherte, watete sie auf den flachen Felsen bis zu der Stelle, wo das Blau einen dunkleren Farbton annahm. Dort war das Wasser entlang der Uferlinie am tiefsten. Immer wieder hatte Roger diese Stelle beim Angeln angesteuert, in dem vergeblichen Versuch, den riesigen Wels zu fangen, der ihm seit Jahren immer wieder aus den Fingern geglitten war. Sie hatte ihn nie gesehen, aber er hatte ihr geschworen, dass er dort war. Sharon hatte ihn jahrelang wegen dieses Moby Welses aufgezogen.

Sharon schraubte den Deckel des Holzbehälters ab und zögerte nicht. Sie streute die Asche in das Wasser und sah zu, wie sie an der Oberfläche schimmerte, bevor sie versank. Die Urne wurde leichter in ihren Armen, als sie sie kippte, um die letzte Portion auszugießen.

„Ich werde dich immer lieben, Roger", versprach sie mit einer Stimme, die in ihren Ohren stärker als sie selbst klang.

Eine blitzartige Bewegung erregte ihre Aufmerksamkeit. Sharon blieb der Atem im Hals stecken, als sie begeistert aufsah. Rogers Wels sprang in einer Spirale aus dem blauen Wasser, die die enorme Größe des Tieres verriet. Das Aufprallen auf der Oberfläche des Sees schickte immer größere Wellen in Richtung ihrer Beine und den Mittelpunkt der riesigen Wassermasse.

„Donnerwetter, Roger. Moby Wels war gar kein Seemannsgarn!" Sharon warf ihrem Mann einen Abschiedskuss zu. Sie überließ es ihrem Daddy, sie zum Lachen zu bringen, während sie seine letzte Anweisung ausführte.

KAPITEL 1

S haron!" Easton meldete sich schon nach dem ersten Klingelton.
„ „Wann kommst du zurück?"

„Montag, wenn du einen Job für mich hast", schlug sie vor.

„Perfekt. Ich habe dir ein Zimmer im Turm B reserviert, falls du
unter der Woche hier bleiben möchtest, um dir das Pendeln zu erspa-
ren", schlug er vor.

„Danke, Easton. Das wäre sehr praktisch." Sie grinste in das Telefon. Ihr Chef hatte ihre Gedanken gelesen, bevor sie überhaupt
danach gefragt hatte. „Willst du mir sagen, was ich tun soll?"

„Am Montag hast du um acht Uhr morgens einen Termin bei mir,
dann besprechen wir die Einzelheiten. Zieh am Wochenende vorher
ein, damit du dich eingewöhnen kannst, bevor du dich in die Arbeit
stürzt."

Kopfschüttelnd legte Sharon auf und ging ins Schlafzimmer, um
zu packen. Sie würde nur genug für ein paar Wochen mitnehmen.
Dann, wenn sie sich eingelebt hatte, würde sie entscheiden, was sie
mit dem Haus machen wollte.

Es lag auf der anderen Seite des Sees und die Fahrt bis zum
Eingangstor der Gemeinde kostete sie zwanzig bis dreißig Minuten.
Es war nicht allzu weit von Edgewater Industries entfernt. Sie war
diesen Rundweg schon oft mit Roger gefahren, als sie beide zur Arbeit

gemusst hatten. Sharon war sich nur nicht sicher, ob sie sich jetzt darauf einlassen wollte. Es wäre einfacher, in der Wohnung zu bleiben.

Sharon rollte am Samstagmorgen ihren Koffer zum Eingang des B-Turms auf dem Gelände von Edgewater Industries. Die Wachleute am Tor hatten sie freundlich begrüßt und ihr angeboten, ihr beim Ausladen des Autos zu helfen. Da sie nur eine Tasche hatte, versicherte sie ihnen, dass sie das schon allein stemmen könne.

„Es wurde Zeit, dass du zurückkommmst", sagte eine tiefe, raue Stimme, die sie aus ihren Gedanken riss.

„Knox! Ich bin froh, dich zu sehen." Sharon lächelte den großen Mann an, der ihr die Tür aufhielt.

„Gleichfalls. Ist das alles, was du mitgebracht hast?", fragte er und nahm ihr den Griff des Koffers ab.

„Ich hoffe, ich habe nichts vergessen", vertraute sie ihm an.

„Komm mit. Lass uns deinen Ausweis aktualisieren und den Schlüssel für deine Wohnung abholen." Knox ließ ihre Tasche mühelos über die Türschwelle gleiten.

Dankbar für seine Hilfe, folgte sie ihm zum Sicherheitsschalter. Knox ging hinter den Schreibtisch und öffnete eine Mappe, auf der ihr Name stand. Der Ausweis, den sie an ihrem letzten Tag abgegeben hatte, lag obenauf.

„Ich habe ein paar Fäden gezogen und dir ein neues Schlüsselband besorgt. Deins sah aus, als wäre es ein paar Mal in einen Aktenschrank geraten oder mit der schwarzen Tinte aus den Kopiergeräten übergossen worden", bemerkte er mit einer hochgezogenen Augenbraue.

„Wie hast du das nur erraten können?", fragte sie lachend. Sharon erhob sich auf ihre Zehenspitzen und versuchte, einen Blick auf die Papiere in ihrer Akte zu werfen.

„Für welche Position hat Easton mich vorgesehen?"

„Montag. Das ist alles streng geheim bis zu eurem Meeting." Knox deutete auf den Streifen Klebeband, der ihren Auftrag verdeckte, bevor er die Akte schloss.

„Aber du weißt es?"

„Ich weiß alles."

„Sag es mir. Ich werde es Easton nicht verraten. Ich werde überrascht aussehen."

Als Knox skeptisch dreinschaute, verschränkte Sharon ihre Finger über ihrem Herzen. „Versprochen!"

„Montag bei eurem Meeting", beharrte Knox und reichte ihr den Ausweis.

"Du machst mich fertig, Knox."

„Ich bin froh, dass du zurück bist. Komm, wir sehen uns deine Wohnung an", forderte er sie auf, um das Thema zu wechseln.

Knox nahm ihre Tasche wieder an sich und führte sie zu den Aufzügen. Als er den Knopf für den achten Stock drückte, sagte er: „Du hast die Wohnung acht- sechsundzwanzig zugewiesen bekommen. Es hat einen guten Blick auf die Grünfläche zwischen den Türmen B und C."

„Du hast es für mich inspiziert?", fragte Sharon erstaunt.

„Ich habe dein Apartment mit Essen ausgestattet, damit du dich heute Abend einrichten kannst. Die Littles veranstalten heute Abend eine Samstagabend-Pizza-Party in der Lobby. Das wird zu einer wöchentlichen Veranstaltung. Easton und Piper werden auch da sein."

„Vielleicht erfahre ich ja dort, was meine Aufgabe sein wird", scherzte sie, bevor sie hinzufügte: „Danke, Knox, für das Essen. Du hast Recht. Das macht mir den Einstieg hier ein wenig leichter."

Die zwei gingen schweigend den Korridor entlang, um die richtige Wohnung zu erreichen. Sharon gefielen die fröhlich dekorierten Türen, an denen sie vorbeikamen. Hier gab es so viel Leben. Nicht wie ...

Ihre Augen füllten sich mit Tränen und Sharon versuchte krampfhaft, sie wegzublinzeln. Sie versteifte ihre Wirbelsäule und versuchte, ein professionelles Verhalten an den Tag zu legen. *Du bist hier nicht zu Hause. Du kannst nicht einfach in beliebigen Momenten weinen.*

„Kleines Mädchen. Du bist so tapfer gewesen." Knox' raue Stimme überwältigte sie, als er stehen blieb und sie an sich zog. Seine Arme legten sich um ihren Rücken und er drückte sie fest an sich.

„Nicht!", flehte sie. „Ich werde nur noch mehr weinen."

„Dagegen ist nichts einzuwenden. Dir wurde der Boden unter den Füßen weggezogen und dann ist eine Lawine voller Scheiße über dich hereingebrochen."

Das Bild, das er ihr ausmalte, tauchte in ihrem Kopf auf. Unfähig zu widerstehen, lachte Sharon, auch wenn ihr die Tränen über die Wangen liefen. „Du beschönigst nichts, Knox."

„Das habe ich nie." Knox wischte ihr mit seinen Daumen vorsichtig die Tränen von den Wangen. Die rohe Kraft seiner Hände kontrastierte mit seiner sanften Berührung.

Sharon schaute in seine tiefbraunen Augen und flüsterte: „Vielleicht bin ich zu schnell zurückgekommen. Ich weiß nicht, ob ich das tun kann, Knox."

„Was tun?"

„Die hochprofessionelle Verwaltungsassistentin sein. Die totale Kontrolle über mich selbst zu haben. Die Maske scheint verloren gegangen zu sein."

„Gut, dass wir sie los sind. Niemand will, dass du eine Maske trägst - Easton schon gar nicht."

„Er hat es immer durchschaut und wusste, wann ich besorgt oder nervös war."

„Daddys wissen es immer", bestätigte Knox.

„Ich vermisse ihn, Knox", gestand Sharon. Ihre Augen füllten sich wieder einmal mit Tränen. „Aber er war schon lange nicht mehr mein Daddy."

Knox sagte nichts. Er beugte sich vor und drückte ihr einen Kuss auf die Stirn, bevor er ihre Hand nahm und sie mit dem Koffer zur Tür zerrte.

Sharon musterte den großen Mann, der sie gerade geküsst hatte, von der Seite. Knox war schon immer ein Freund gewesen. Dieser zärtliche Kuss stammte nicht von einem Arbeitskollegen. War Knox jemals nur ein weiterer Mitarbeiter gewesen?

„Drück deine Hand auf das Bedienfeld, Sharon", wies er sie an, nachdem er das Pad für die Eingabe ihres Abdrucks eingerichtet hatte.

Sharon gehorchte automatisch und folgte seinen Anweisungen. Sie sah zu, wie das Display grün wurde, was bedeutete, dass der Vorgang abgeschlossen war, bevor sie ihre Hand wieder wegnahm. Mit einer Drehung des Knaufs öffnete Knox die Tür und führte sie hinein. Er rollte den Koffer ins Schlafzimmer und hob ihn auf das Bett, bevor er an Sharons Seite zurückkehrte, die sich umsah.

„Das ist wirklich schön", kommentierte Sharon. Die großen Fenster ließen viel Licht einfallen und gaben dem Raum einen einladenden Charakter. Sie strich mit der Hand über den weichen Stoff des Sofas, das den offenen Wohnbereich ausfüllte. Es lockte sie dazu, sich auszustrecken und einen Film auf dem großen Fernseher an der Wand zu sehen.

„Sind alle Wohnungen so schön?", fragte sie. „Ich erinnere mich, dass er dem Designer gesagt hat, er solle sie alle unterschiedlich gestalten. Er wollte kein industrielles, vorgefertigtes Design."

„Sie sind alle sehr gemütlich. Die Littles scheinen ihre Wohnungen zu lieben. Du kannst sie heute Abend fragen. Du kommst doch, oder? Zum Pizzaabend?"

„Ich liebe Pizza. Um wie viel Uhr?"

„Die Pizza kommt um sechs. Komm früher vorbei, um zu plaudern. Für alkoholfreie Getränke ist gesorgt, aber du kannst auch etwas von dem süßen Tee mitbringen, nach dem du süchtig bist", fügte Knox hinzu, während er zur Tür ging.

Sharon lachte, als sie ihm folgte. „Meine Sucht ist stark."

Als Knox die Tür öffnete und in den Flur trat, nahm sie ihren Mut zusammen und fragte. „Knox, dieser Kuss - was willst du von mir?"

„Jetzt, nichts. Bald, alles. Ich werde nicht zulassen, dass du den Rest deines Lebens damit verbringst, zu trauern, Roni. Roger hat sich das nicht für dich gewünscht."

„Das hat er nicht." Sharon schluckte schwer, bevor sie Knox' Blick wieder begegnete. „Ich weiß nicht ..."

„Das wirst du. Ich werde hier sein", versprach er. „Wir sehen uns heute Abend zum Pizzaessen."

„O-okay."

Als sich die Tür schloss, spähte Sharon durch das Guckloch und erblickte Knox, der zu ihr zurückblickte. Er legte seine Hand auf die Brust und drückte seine Handfläche auf sein Herz. Sie spürte, wie ihr Puls als Reaktion auf die zärtliche Geste in die Höhe schnellte.

Sharon war ganz überwältigt von den Gefühlen, die sie beim Verlassen des Hauses am See, beim Umzug, bei der Rückkehr zu Edgewater Industries und bei Knox hatte und begann damit, auszupacken und sich umzusehen. Da sie nur einen Koffer hatte, war sie schnell fertig. Als Sharon den Kühlschrank überprüfte, staunte sie über dessen Inhalt. Die Regale waren mit Grundnahrungsmitteln bestückt, aber eines stach heraus. Eine frisch gebrühte Kanne Tee, von der sie wusste, dass sie süß sein würde, stand an vorderster Stelle. Ein Lächeln breitete sich auf ihren Lippen aus. Knox.

KAPITEL 2

Der Aufzug öffnete sich und Sharon verließ ihn mit einem Glas süßen Tees in der Hand, der dem ihrer Großmutter hätte Konkurrenz machen können. Sie inspizierte die Umgebung und erinnerte sich an Namen und Gesichter. Zu ihrer Freude lächelte eine der Frauen sofort und eilte in ihre Richtung.

„Sharon! Ich kann nicht glauben, dass du hier bist", sagte Piper herzlich.

„Hallo, Piper. Ich bin froh, dass du überlebt hast!"

„Zumindest halte ich den Kopf noch über Wasser", scherzte Piper. „Gott sei Dank hast du alles organisiert und notiert. Ohne dich wäre ich verloren gewesen."

„Also, du und Easton?"

„Mein Daddy", gestand Piper.

Sharon umarmte die junge Frau und jubelte: „Ich freue mich so sehr für euch beide!"

„Danke, Sharon. Ich muss zugeben, dass du wieder einmal recht gehabt hast", begrüßte Easton seine ehemalige Verwaltungsassistentin.

„Das hatte ich schon immer", antwortete Sharon mit einem Lächeln.

„Kennst du alle anderen? Lass mich dir auf die Sprünge helfen. Das da drüben ist Cynthia. Sie ist eine neue Mitarbeiterin in der Cafeteria.

Wenn sie ein spezielles Gericht des Tages zaubert, solltest du es probieren ..."

„Belinda?", unterbrach Sharon ihn, als sie die umwerfende Blondine entdeckte, als sie mit ihrer schweren Computertasche durch eine der großen Glastüren trat.

„Sharon! Ich bin so froh, dich zu sehen", begrüßte Belinda sie herzlich, während die frisch Eingetroffene über den Marmorboden schritt.

„Du wohnst auch hier?"

„Ich bin vor etwa zwei Monaten hier eingezogen. Das verflixte Computernetzwerk fiel ständig aus und jemand musste in der Nähe sein, um es wieder gefügig zu machen", erklärte Belinda mit einem Lachen. „Ich wünschte, ich wäre schon vor Jahren hierhergezogen."

„Es scheint eine wunderbare Truppe zu sein. Alle freuen sich so sehr, einander zu sehen", bemerkte Sharon und spähte über ihre Schulter zu Easton. Sie wandte sich wieder ihrer Gesprächspartnerin zu und begrüßte die zwei lächelnden Männer auf den Stühlen vor ihr.

„Pizza ist gut für die Seele. Ich bin Pete und das ist Alan." Der bullige Mann stand auf und stellte den jungen Mann vor, der ihn begleitete.

„Pete, du arbeitest vorn bei der Sicherheitskontrolle", erinnerte sich Sharon.

„Ja, ich bin im Sicherheitsdienst. Alan arbeitet in der Wartung. Wenn du jemals etwas in deiner Wohnung repariert haben willst, Alan ist ein Zauberer, der so ziemlich alles macht", prahlte Pete und rieb Alans unteren Rücken.

„Gut, dich werde ich im Hinterkopf behalten. Hey, Alan", begrüßte Sharon den jüngeren Mann.

„Hier kommt der Pizzamann!", verkündete Knox, als er einen Stapel Pizzen hereintrug.

Der Geruch von frischer Kruste, Tomatensoße und italienischen Gewürzen zog durch die Luft und ließ einem das Wasser im Mund zusammenlaufen. Sie vertagten die Vorstellungsrunde, um wie alle anderen nach vorne zu stürmen und sich ein Stück zu holen.

Sharon hielt sich am Rande der Gruppe auf. Sie ordnete automatisch alle Paare in ihrem Kopf und bemerkte die Daddys, die sich um die Littles kümmerten, während sie ihnen mit Tellern und Besteck halfen. Sie drängten sich auf dem Sofa eng aneinander - ein paar Littles saßen sogar auf dem Schoß ihres Daddys. Überwältigende Trauer umhüllte sie und schnürte Sharon so fest ein, dass sie Mühe hatte zu atmen.

Sie flüchtete zum Aufzug, drückte ihre Hand verzweifelt gegen die Scheibe und fiel fast durch die Türen, als diese sich schnell öffneten. Als sich die Stahlschranken hinter ihr schlossen, bedeckte Sharon ihr Gesicht, während ihr die Tränen über die Wangen liefen. Sie wollte sich für alle Paare freuen, aber alles, was sie fühlte, war pure Eifersucht. Sie hatten, was sie verloren hatte.

Ihr Telefon surrte, und Sharon sah auf das Display, als sie aus dem Aufzug trat. Easton. Sie schickte den Anruf auf die Voicemail und eilte den Flur hinunter. In ihrer Wohnung angekommen, schickte sie ihm eine SMS.

„Tut mir leid. Ich bin noch nicht so weit. Ich habe Essen im Kühlschrank. Wir sehen uns am Montag auf der Arbeit."

Sharon ließ sich auf die Couch fallen und stellte ihren Tee auf den Couchtisch, bevor sie ihren Kopf zurück in die Kissen sinken ließ. Sie wischte sich über das Gesicht. „Du musst dich zusammenreißen. Nichts wird deinen Daddy zurückbringen. Sei froh über die Zeit, die du mit ihm verbringen konntest", ermahnte sie sich selbst, während sie tief und bestimmt einatmete.

Als sie sich wieder unter Kontrolle hatte, ging Sharon ins Bad und putzte sich die Nase. Als sie in den Spiegel blickte, um ihr fleckiges Gesicht und ihr verschmiertes Make-up zu betrachten, zog sie sich selbst eine Fratze. Diese kleine Albernheit erheiterte ihr Herz. Sharon wusch sich das Gesicht und fühlte sich besser.

Jemand klopfte an die Tür. Sharon stürzte aus dem kleinen Bad und spähte durch den Türspion. Knox.

„Ich habe keinen Hunger."

„Mach die Tür auf, Kleine."

Der Befehl in der rauen Stimme brachte sie dazu, den Türknauf zu drehen. Knox stand mit zwei Pappkartons vor der Tür.

„Die Pizza wird kalt."

„Du hättest mir nichts hochbringen müssen", versicherte Sharon ihm.

„Ich bin am Verhungern. Du willst doch nicht, dass ich allein esse, oder?"

„Du könntest mit allen unten essen", schlug sie vor.

„Dann würde die Pizza wirklich kalt werden. Hab Erbarmen mit uns! Lade mich ein, Roni."

Schweigend trat sie einen Schritt zurück. Sie sah zu, wie er hereinkam und die Pizza auf den Couchtisch stellte. Als er sich auf die Couch setzte, fragte sie: „Roni?"

„Ich mag es. Du etwa nicht?", fragte Knox, als er eine Schachtel öffnete und eine große Scheibe Peperoni herausnahm. „Ich habe zwei mitgebracht. Peperoni und die Deluxe-Version. Ich hoffe, du magst eine von beiden."

Er nahm einen großen Bissen. Er schnappte sich die Fernbedienung, lehnte sich auf der Couch zurück und schaltete den Fernseher ein. Ein Zeichentrickfilm erschien auf dem Bildschirm. Sharon sah ein paar Sekunden lang zu, bevor sie wieder Knox musterte. Er tätschelte einfach das Kissen neben sich.

„Die Pizza wird kalt", erinnerte er sie.

Sharon setzte sich auf die Couchkante, um sich ein Stück aus der offenen Schachtel zu nehmen. Sie setzte sich neben Knox auf die Couch, bevor sie den ersten Bissen nahm. „Lecker."

„Ich weiß."

Die beiden saßen schweigend da und mampften die leckere Pizza, während sich der Film auf dem Bildschirm vor ihnen entfaltete. Knox stand auf, um eine Rolle Papierhandtücher zu holen. Er trennte zwei Blätter ab, faltete sie der Länge nach und legte eines davon wie eine schicke Stoffserviette über ihren Schoß.

„Danke."

„Gern geschehen, Roni."

Er schnappte sich ein weiteres Stück Pizza und lehnte sich auf der Couch zurück, um zu mampfen. Sein Blick war auf die singenden und tanzenden Figuren gerichtet. Knox schien einfach damit zufrieden zu sein, mit ihr herumzuhängen.

„Knox." Sie wartete, bis er sie ansah. „Du musst mich nicht babysitten. Mir geht es gut."

„Ich habe jetzt eine perfekte Ausrede, um diesen Film zu sehen. Ich wollte ihn unbedingt sehen, aber kannst du dir vorstellen, dass ich allein in ein Kino gehe, das mit Müttern und Kindern vollgepackt ist?"

Sie stellte sich vor, wie die Mütter ihre Kinder vorsichtig von dem großen Mann, der nur selten lächelte, wegzogen. Sie versuchte, höflich zu sein und antwortete: „Du würdest herausstechen."

„Hab Mitleid mit mir und lass mich bleiben!"

Sie konnte nicht widerstehen und spürte, wie sich ihre Mundwinkel nach oben zogen. „Das wäre eine Menge Pizza, die ich essen müsste."

„Eben drum. Du wirst nie zwei Pizzen auf einmal essen." Er grinste. Sein Gesicht war wie ausgewechselt.

Sharon starrte ihn an, erschrocken über seinen Ausdruck. Hatte sie ihn jemals lächeln sehen? Er sah völlig verwandelt aus.

„Iss, Roni", sagte Knox und winkte mit seiner Scheibe in Richtung der Pizzakartons. Er beugte sich vor, um ihren süßen Tee aufzuheben, hob ihn zum Mund und hielt ihn nur Zentimeter von seinen Lippen entfernt an. „Ich habe nichts, was du dir einfangen könntest. Na ja, außer den Läusen, falls du ab der dritten Klasse nicht mehr geimpft wurdest."

Automatisch stellte sie pantomimisch dar, wie sie sich eine Spritze gab. Es fühlte sich so gut an, albern zu sein. „Ich bin geschützt. Ich habe dir auch nichts zu geben."

„Du kannst viel mit mir teilen, Roni, aber ich bin froh, dass du dich um deine Gesundheit sorgst."

Knox trank die Hälfte des Tees aus und stellte ihn wieder auf den Tisch.

„Hey, du hast ihn fast ausgetrunken", protestierte sie.

„Ich wette, es ist noch mehr da. Iss", wies Knox sie an und stand auf, um in die Küche zu gehen. Er bewegte sich mit einer Vertrautheit in ihrem Raum, als fühlte er sich jetzt schon zu Hause. Er schnappte sich den Krug aus dem Kühlschrank und kehrte zurück, um das Glas aufzufüllen.

„Du könntest dir noch eine Tasse aus dem Schrank holen."

„Nein, dann müssten wir abwaschen. Mit nur einem Glas kann man die Spüle eine Weile ignorieren", erklärte er geduldig, während er den Krug in die Küche zurückbrachte, bevor er sich neben ihr niederließ.

Sharon schnappte sich ein weiteres Stück Pizza und lehnte sich zurück in die Kissen. Sie konnte spüren, wie seine Wärme zu ihr durchdrang. Kurzerhand spürte sie, wie sie sich neben ihm entspannte.

Knox quasselte nicht während des Films. Sharon hasste Menschen, die das taten. Selbst zu Hause wollte sie alle Dialoge hören können, um nicht das Gefühl zu haben, etwas verpasst zu haben. Er kicherte bei den lustigen Stellen. Es gefiel ihr, seinen Sinn für Humor zu sehen, der sich so sehr von der öffentlichen Rolle des strengen Sicherheitsdirektors eines großen Unternehmens unterschied.

Am Ende der Show fand sich Sharon an Knox' breiter Brust gelehnt wieder. Er hatte während einer unheimlichen Szene einen Arm um sie gelegt und sie liebte es, sich an ihn zu schmiegen, obwohl sein Körper nicht gerade gemütlich war. Er fühlte sich an wie harter Stahl, der in Kleidung gehüllt war. Sie konnte die Kraft, die in seinem Körper steckte, nicht ignorieren. Knox war anders als jeder andere Mann, den sie kannte.

Als der Film zu Ende war, wandte Sharon sich von ihm ab und sah in sein Gesicht. „Das hat Spaß gemacht", kommentierte sie und durchbrach damit die Stille, die den Raum erfüllte, nachdem er den Fernseher ausgeschaltet hatte.

„Das war der beste Abend, den ich seit langem hatte. Jetzt wird es Zeit, dass du ins Bett gehst."

„Es ist neun Uhr dreißig. Ich kann noch eine Weile aufbleiben", protestierte sie.

„Bett, Roni." Sein Blick blieb an ihrem haften, bis sie zustimmend nickte.

„Ich bin ein bisschen müde", gab sie zu.

„Was hast du morgen vor?"

„Ich denke, ich gewöhne mich an das Leben in der Wohnung", antwortete sie. Pläne zu schmieden war ihr gar nicht in den Sinn gekommen. Sharon war nur hergekommen, um auszupacken und sich einzurichten. Da ihr Koffer ausgeladen war und Knox' Lebensmittel in ihrem Kühlschrank lagen, hatte sie nichts zu tun.

„Perfekt. Komm morgen um zehn nach unten. Wir werden ein Abenteuer erleben."

„Ein Abenteuer?", echote sie.

„Ganz genau. Zieh Jeans und ein T-Shirt an. Vergiss deine Turnschuhe nicht. Wir werden ein bisschen laufen."

„Willst du mir nicht sagen, was wir machen?"

„Nö. Das ist alles, was du wissen musst." Er stand auf und hob die beiden leeren Pizzakartons auf. „Ich bringe sie für dich in die Mülltonne. Komm, verabschiede dich."

„Danke." Sharon stand auf und folgte ihm zur Tür, wobei sie sich wieder sehr unbehaglich fühlte.

„Entspann dich, Roni", sagte er sanft. „Komm her." Knox legte seine Finger um ihre Schultern und zog sie an sich.

Er drückte sie sanft gegen seine Masse, bis sie sich ihm gegenüber nachgiebig erwies. Knox zog sie noch ein wenig näher an sich heran und strich mit einer Hand ihren Rücken hinauf und hinunter. Sharon schloss genüsslich die Augen. Es war schon so lange her, dass jemand sie gehalten oder berührt hatte. Sie war schon immer ein Mensch gewesen, der sich nach Kontakt und dem Zeigen von Gefühlen gesehnt hatte. Sharon biss sich auf die Lippe, um ein Stöhnen zu unterdrücken, das sich aus ihrem Innern löste, als sie spürte, wie seine Lippen über ihr Haar strichen. Sie blickte zu ihm auf und versuchte, seinen Blick zu deuten.

„Ich werde dich nicht drängen, aber ich werde dich nicht vergessen lassen, dass ich hier bin - egal, was du brauchst." Knox beugte sich vor und drückte ihr einen flüchtigen Kuss auf die Lippen. Als ob er nicht widerstehen könnte, folgte ein zweiter. Er war fester und erforschte ihre Antwort.

Ohne eine bewusste Entscheidung zu treffen, erwiderte sie seinen Kuss. Sie öffnete ihren Mund, um ihm Zugang zu gewähren, als seine Zunge über den Rand ihrer Lippen strich. Ein leises Stöhnen entrang sich ihr, als sie seinen Geschmack wahrnahm. Obwohl scharf von der Peperoni-Pizza, die er verschlungen hatte, konnte Sharon immer noch seine unterschwellige Essenz wahrnehmen. Sie krallte ihre

21

Hände in sein weiches Hemd, um sich wieder auf den Boden zu holen.

Als Knox den Kopf hob, fuhr er mit der Zunge leicht über seine Lippen. Sie wusste, dass er sie ein letztes Mal schmecken wollte. Sharon drückte ihre Schenkel zusammen, als sie spürte, wie sich Erregung und Nässe in ihrem Inneren sammelten und sah ihn erstaunt an.

Knox strich ihr eine hellbraune Haarsträhne aus dem Gesicht, die aus ihrem Dutt, den sie für gewöhnlich trug, gefallen war. „Lass dein Haar morgen offen, Roni."

„Warum nennst du mich so?"

„Das tut sonst niemand. Ich mag es, dass wir etwas Besonderes zwischen uns haben."

Er trat zurück und hob die Pizzakartons auf, die er auf den Eingangstisch gestellt hatte.

Er öffnete die Tür und erinnerte sie: „Zehn Uhr in der Lobby."

Sie sprach seine Worte nach, unfähig, klar zu denken: „Zehn Uhr."

„Gute Nacht, kleines Mädchen. Träum süß."

„Gute Nacht."

KAPITEL 3

Piep, piep, piep! Das unangenehme Geräusch riss Sharon aus ihren Träumen, die sie im Bett gehalten hatten. Sich aus der wohligen Wärme in die kühle Luft zu strecken, um den Wecker auszuschalten, war nicht die beste Art aufzuwachen, aber es war effektiv.

Sharon zog ihren Arm zurück unter die Decke und suchte nach ihrer besten Freundin, die sich an diesem Morgen offensichtlich versteckt hatte. Als sich ihre Finger um das abgenutzte Fell wickelten, zog sie Dodi an ihre Brust und drückte sie fest an sich. Der blaue Dodo-Vogel war ein Geschenk zu ihrem fünften Geburtstag gewesen und hatte jede Nacht bei ihr geschlafen, seit sie das festlich verpackte Paket geöffnet hatte.

„Dodi, meinst du, es ist in Ordnung, wenn ich heute mit Knox ausgehe?"

Sie hörte aufmerksam zu, aber Dodi blieb stumm. Sharon wusste, dass der Vogel viel Zeit brauchte, um sich den besten Rat zu holen. Sie zu drängen funktionierte nicht.

„Es ist nicht wie eine Verabredung oder so. Roger ist erst seit ein paar Monaten weg. Nun, sein Körper hat vor ein paar Monaten aufgegeben. Wenn ich ehrlich bin, hat sich sein Geist schon viel früher verabschiedet."

Schweigen von dem Plüschtier.

„Du würdest mir doch sagen, wenn ich einen kolossalen Fehler begehen würde, oder?"

Ein leises Dodi-Flüstern drang durch die Decke und brachte Sharon zum Lächeln. „Danke, Dodi. Du hältst mir immer den Rücken frei."

Mit einem weiteren Blick auf die Uhr zwang sich Sharon unter der Bettdecke hervor. Sie musste sich anziehen und etwas zum Frühstück holen, bevor sie Knox traf. Allein der Gedanke an den riesigen, auf sie wartenden Mann, motivierte Sharon, sich frisch zu machen.

Sharon lachte, als sie wie er es vorgeschlagen hatte, das lustige T-Shirt anzog, das sie eingepackt hatte, um es in ihrer neuen Wohnung privat zu tragen. Es schien perfekt für den heutigen Tag geeignet zu sein. Sharon bürstete ihr Haar, bis es glänzte, dann zögerte sie. Sie trug es nie offen. Mit einem festgesteckten Dutt war es viel einfacher. Sharon stopfte ein Haargummi in ihre Tasche, nur für den Fall, und ging zur Tür.

Als sich die Fahrstuhltüren öffneten, stand Knox im Türrahmen. Er lachte, als sie am Eingang posierte und die Seiten ihres T-Shirts heraushielt, um sicherzugehen, dass er die Vorderseite lesen konnte. „Verlorene Abenteurerin. Du hast natürlich die perfekten Klamotten für jede Gelegenheit."

Als er ihr die Hand reichte, nahm sie sie automatisch und bemerkte erst, dass sie sich an den Händen hielten, als er sie durch die Glastüren führte. Sie löste ihre Hand und zog sie verlegen weg, als ihre Kollegen sie begrüßten. Was würden sie wohl denken, wenn eine frisch verwitwete Frau bereits die Hand eines anderen Mannes hielt? Knox ließ sie sofort los.

„Hey!", antwortete sie, als die Leute sie grüßten.

„Niemand wird dich hier verurteilen, Roni. Es ist in Ordnung, zu tun, was du willst", sagte er sanft, als er ihr die Tür öffnete.

„Es ist nur ..." Ihre Stimme verstummte, als sie versuchte, herauszufinden, was sie sagen sollte, ohne seine Gefühle zu verletzen. Sie wollte seine Hand halten. Bei ihm fühlte sie sich besser.

„Es ist okay, Roni." Er half ihr mühelos auf den erhöhten Sitz, bevor er ihre Tür mit einem festen Klicken schloss und die Motorhaube umrundete, um hinter das Lenkrad zu klettern.

Als er seinen Platz eingenommen hatte, sah sich Sharon im Inneren des großen Geländewagens um. „Was ist das, ein Panzer?“, fragte sie lachend.

„Nicht ganz“, antwortete er.

Der Wagen passte zu Knox. Er war ein massiger Mann und brauchte ein übergroßes Fahrzeug. Dieses hier hatte offensichtlich den zusätzlichen Vorteil, dass es verstärkt war, um Stärke und Sicherheit zu gewährleisten. Sie hatte wirklich das Gefühl, in einem Panzer zu sitzen.

„Wohin fahren wir?“

„Was für ein Abenteuer wäre das denn, wenn ich dir das jetzt schon verraten würde?“ fragte Knox, während er vom Gelände von Edgewater Industries fuhr.

„Ein Abenteuer mit Vorwarnung?“, schlug sie vor.

Knox lachte nur, als er auf die Interstate abbog und sich von der Nachbarstadt entfernte. „Wir kommen noch früh genug an und dann wirst du alles erfahren. In der Zwischenzeit sollten wir uns besser kennen lernen. Denk dir zwei gegensätzliche Dinge aus und wir werden sehen, welche Möglichkeiten wir haben.“

„Was zum Beispiel?“, fragte sie verwirrt.

„Ich fange an“, versicherte er ihr. „Auf einem Erdnussbutter-Sandwich ... Honig oder Marmelade?“

„Erdbeergelee“, antwortete Sharon sofort. Das war eine einfache Antwort. „Was ist mit dir?“

„Honig, jedes Mal. Du bist dran.“

„Wirklich? Ich glaube nicht, dass ich Honig besitze.“

„Doch, hast du. Er steht im Schrank.“

„Ich werde ihn probieren“, versprach sie. Dann fragte Sharon: „Lebst du lieber in der Stadt oder am Wasser?“

„Am Wasser. Ich liebe das Wasserplätschern“, antwortete Knox.

„Ich würde auch das Wasser wählen. Ich liebe unser Haus am See. Ich meine mein Haus am See“, korrigierte sie sich selbst, als sie sich daran erinnerte, dass Roger nicht mehr da war.

Tränen sammelten sich in ihren Augen, als der Kummer sie überflutete. Eine warme Hand legte sich über ihre. Als sie aufblickte, sah sie Knox an, der sie besorgt ansah.

„Gib dir Zeit. Und denk daran, dass das immer dein und Rogers Haus am See sein kann. Selbst wenn jemand anderes dort einzieht oder du beschließt, es zu verkaufen."

Sharon nickte. Das leuchtete ein. Sie würde sich immer an die Freude erinnern, die sie beim Kauf des Hauses empfunden hatten. Roger hatte einen großen Anteil daran gehabt.

„Kreuzfahrten oder Flugzeuge?", unterbrach Knox ihre Gedanken.

„Ich war noch nie auf einer Kreuzfahrt", gestand Sharon.

„Das müssen wir ändern. Du bist dran."

Sharon beschloss, albern zu sein und fragte: „Paddel oder Hand?"

„Hand. Ich muss deine Haut unter meiner spüren."

Sharon drehte sich in ihrem Sitz um und sah ihn an. „Das hört sich an, als würdest du mir den Hintern versohlen wollen."

„Oh, du wirst dir dein Spanking schon noch verdienen. Littles treffen manchmal schlechte Entscheidungen."

„Nicht alle von ihnen", verteidigte sie sich.

„Alle", antwortete Knox mit einem Grinsen. „Wir sind da."

Er bog auf einen Parkplatz ein, der mit Autos übersät war. Es gab keinerlei Hinweise auf die Aktivität, die er für sie geplant hatte. Sharon sah sich nach Hinweisen um. Ein Pärchen stieg aus einem Kleinwagen aus und ging zu einem Weg, den Besucher vor ihnen in den Boden getreten hatten.

„Verrätst du mir, was wir hier machen?" forderte Sharon ihn auf.

„Wir haben heute Morgen eine Herausforderung vor uns. Komm mit. Es wird dir gefallen."

Knox räusperte sich, als sie eifrig nach dem Türgriff fasste. Sharon lehnte sich verärgert gegen den Sitz. Sie hasste es, darauf zu warten, dass ihr jemand die Tür öffnete - vor allem, wenn ein Abenteuer auf sie wartete.

Als er schließlich die Autotür öffnete, um das Schloss zu öffnen, stieg Sharon aus dem Geländewagen und hüpfte vor Aufregung auf und ab. „Gehen wir diesen Weg hinunter?"

„Das tun wir. Komm schon. Sie warten auf uns."

„Wer wartet auf uns?"

Knox hob nur eine Augenbraue, bevor er seine Hand nach ihrer ausstreckte.

„Du genießt das zu sehr", warf sie ihm vor und folgte ihm in Richtung des Weges, auf dem sie das Paar hatte verschwinden sehen.

„Da könntest du recht haben", bestätigte er.

Sie schlenderten einige Minuten den Weg entlang, bevor Sharon das Stimmengewirr hörte. Es hörte sich an, als sei bereits eine Menschenmenge da. Sie sah Knox an. Er drückte beschwichtigend ihre Hand.

Nach ein paar Minuten traten sie durch die Baumgrenze auf eine Lichtung, auf der fünfzehn weitere Menschen warteten. Sharon erkannte ein paar bekannte Gesichter von Edgewater Industries. Es waren alle Abteilungsleiter des Campus sowie ein paar Besucher aus anderen Abteilungen. Piper winkte ihr aus der Menge entgegen. Sie schaute Knox überrascht an.

„Hallo, alle zusammen. Danke, dass ihr heute gekommen seid. Wir machen uns auf zu einem großen Abenteuer. Seid ihr bereit?" verkündete Knox.

Es folgte ein Gemurmel von unverbindlichen Antworten. Sharon warf einen besorgten Blick auf Knox. Es hörte sich nicht so an, als wären alle freiwillig hier. Sie waren definitiv nicht aufgeregt. Zu ihrer Überraschung sah Knox nicht besorgt aus.

„Wir werden uns in vier Teams aufteilen. Such dir eine Person aus, bei der du dir sicher sein willst, dass sie dabei ist", forderte er sie auf.

Sharon sah sich die anderen Leute an und wählte jemanden, den sie nicht kannte, einen jungen Mann, der wie ein neuer Mitarbeiter aussah. Er schien niemanden zu kennen, aber er trat selbstbewusst auf. Sie lächelte und ging auf ihn zu.

„Würde es Ihnen etwas ausmachen, in meinem Team zu sein? Ich bin Sharon."

„Keineswegs. Ich bin Derek", stellte er sich vor und streckte eine kräftige Hand aus. „Ich bin der Platzwart."

„Ich war eine Zeit lang beurlaubt, fange aber am Montag wieder an zu arbeiten. Mr. Edgewater hat mir noch nicht gesagt, wo ich arbeiten werde."

„Das klingt, als hätten Sie großes Vertrauen in ihn."

„Das habe ich", hörte Sharon sich selbst antworten und spürte, wie ihre Besorgnis ein wenig abnahm. Sie vertraute Easton. Egal welche Stelle er für sie vorgesehen hatte, sie konnte sich auf sein Urteilsvermögen verlassen.

„Das habe ich auch. Ich meine, ich bin erst seit ein paar Wochen hier, aber ich fühle mich wie zu Hause."

Bevor Sharon antworten konnte, murmelte Knox über ihre Schulter. „Geht bitte zu dieser Gruppe." Er deutete auf ein anderes Pärchen.

„Stellt euch den Leuten in eurer Gruppe vor und wählt einen Teamnamen und eine Bewegung oder einen Schrei, mit dem ihr am Ende feiern wollt. Wenn ihr fertig seid, dreht ihr euch wieder zu mir um", wies Knox sie an, als die Vierergruppen sich gefunden hatten. Er ignorierte das Aufstöhnen in der Runde, das auf seine Anweisungen hin folgte.

Sharon hatte Mitleid mit ihm und winkte ihre Gruppe zu sich heran.

„Fangen wir mit der einfachsten Aufgabe an. Hat jemand einen Namen, den er oder sie vorschlagen möchte?", fragte sie lächelnd, nachdem Joe und Paige sich vorgestellt hatten.

Als alle den Blickkontakt vermieden, fragte sie: „Wie lange arbeiten Sie alle schon für Edgewater Industries?"

Während Knox zwischen den Gruppen hin- und herging, nickte er ihr zustimmend zu, als ob er verstand, wie viele Informationen sie mit einer einfachen Frage sammeln konnte.

„Einundvierzig. Das ist unser Name", verkündete Sharon, während sie die Jahre zusammenzählte.

„Leicht. Das gefällt mir", stimmte Joe zu. „Und wie feiern wir das?"

„Wir könnten einen Tanzschritt machen?", schlug Paige vor und drehte sich im Kreis, während sie ihre Arme bewegte.

„Ich weiß nicht so recht", Derek schnitt eine Grimasse. „Vielleicht heben wir die Hände zum Siegeszeichen?"

„Lasst uns beides kombinieren. Winken und im Kreis drehen. Als ob wir einen Touchdown feiern würden", schlug Joe vor und sah Derek an. Er bewegte sich so geschmeidig, dass Sharon vermutete, dass er tänzerisches Talent versteckte.

„Das kriege ich hin", stimmte Derek mit einem Nicken zu.

„Lasst es uns einmal ausprobieren", schlug Sharon vor.

Es fühlte sich ein wenig umständlich an, aber es war etwas, bei dem sich jeder wohl fühlte - nichts zu Ausgefallenes oder Geschicktes. Die Gruppe war sich einig, dass sie dabeibleiben würden.

Knox wandte sich an die anderen Gruppen und bat eine Person, ihren Namen zu nennen und dann ihre Art zu zelebrieren vorzuführen.

„Ich will ins Bett." Die Gruppe ließ sich auf den Boden fallen und schnarchte, während alle lachten.

„Frühstücksverein." Ihre Bewegung bestand darin, sich in der Mitte an den Händen zu fassen und den Griff nach oben explodieren zu lassen, während sie „wooohooo" riefen.

„Planlos." Es folgte eine ausgeklügelte Routine des Händeklopfens.

„Perfekt." Knox vermerkte ihre Namen an Ort und Stelle. „Lasst uns gehen."

Er wies den Weg tiefer in den Wald und blieb am Fuß eines großen Baumes stehen. „Hier ist unsere erste Herausforderung. Legen Sie sich alle ein Sicherheitsgeschirr an und ich komme vorbei, um mich zu vergewissern, dass es richtig sitzt. Dann geht's nach oben." Knox deutete auf eine Reihe von Plattformen, die von den schattenspendenden Bäumen herabhingen.

Ein Schweigen legte sich über die Gruppen. Es dauerte nur ein paar Sekunden, bevor die Proteste begannen. Knox ließ jeden zu Wort kommen, der es wollte. Als es schließlich wieder still war, fuhr er fort: „Sie können jederzeit aufhören, ohne dass es Konsequenzen nach sich ziehen wird. Ich garantiere für Ihre Sicherheit, wenn Sie meine Anweisungen befolgen und ich wage sogar das Versprechen", er hielt inne, um bedeutungsvoll aufzublicken, „dass Sie in den nächsten zwei Stunden mehr über sich selbst und andere in dem Unternehmen, für das Sie sich zu arbeiten entschieden haben, erfahren werden als in den letzten Jahren."

„Was soll's", erklärte eine Frau in den Dreißigern. „Mein Mann kämpft sich mit seinen Zwillingen durch den Supermarkt, während ich hier bin. Ich will ihm nicht gestehen müssen, dass ich den Schwanz eingezogen habe."

Das löste eine Welle des Lachens in der Gruppe aus und brach das Eis.

„Ihr seid keine Weicheier, wenn ihr euch entscheidet zu gehen", versicherte Knox ihnen. „Ihr verpasst nur eine Gelegenheit, die ihr nie wieder haben werdet."

Jede Gruppe drehte sich um und beriet sich. Einer nach dem anderen kehrten sie zurück, um den anderen ihre Entscheidung mitzuteilen. Sharon wusste nicht, warum sie so aufgeregt war. Es sollte ihr nicht so viel bedeuten, aber sie wollte sehen, was passieren würde. Außerdem wollte sie sich selbst herausfordern. Konnte sie das tun? Als sie nach oben blickte, spürte Sharon, wie ihr ein Schauer des Zweifels über den Rücken lief. Knox' warme Hand strich über ihren Rücken, und sie lächelte zu ihm hoch.

„Wie kannst du immer meine Gedanken lesen?", flüsterte sie ihm zu, ungläubig darüber, dass er immer gerade dann auftauchte, als sie seine Bestätigung brauchte.

Knox blinzelte nur und sah sich in der Gruppe um. „Was denkst du?"

„Lasst uns das Ding durchziehen!" Joe, ihr ältester Teamkollege, antwortete mit einem Nicken.

Sharon beobachtete, wie Knox sich persönlich bei jeder Gruppe vergewisserte, dass sie bereit waren. Er setzte niemanden unter Druck. Seine solide Präsenz schien die Nerven aller zu beruhigen. Sie staunte über die vielen Facetten dieses faszinierenden Mannes. Er faszinierte sie einfach.

Als Knox sie zu einem in den Bäumen versteckten Schuppen winkte, schaute jede Gruppe aufmerksam zu, während er den Aufbau der Gurte erklärte, die jeder tragen würde. Nachdem er die Sicherheitsausrüstung an alle verteilt hatte, überprüfte er, ob die Gurte ordnungsgemäß eingestellt waren. Dann begann der Spaß.

Jeweils zwei Teams konnten einen Abschnitt des Parcours auf einmal durchlaufen. Sharon atmete erleichtert auf, als sich einundvierzig freiwillig meldete, um als erste Gruppe zu starten. Sie wollte nicht warten und noch nervöser werden. Sobald eine Gruppe fertig war, sollte die nächste Gruppe aufsteigen und beginnen. Nachdem alle die Anweisungen befolgt hatten, stiegen die ersten beiden

Gruppen auf. Knox stellte sich auf die solide Plattform zwischen ihnen, um bei Bedarf zu helfen.

Sharon und ihre Mitstreiter spähten von einem Podest zum nächsten. Es schien eine sehr große Entfernung zu sein.

„Lasst uns eine Strategie entwickeln", schlug Joe vor, während sich das andere Team in Bewegung setzte. „Was glaubt ihr, wo die größte Herausforderung sein wird?"

„Der mittlere Abschnitt sieht sehr schmal aus. Da müssen wir einzeln rübergehen", schlug Sharon vor.

„Auf jeden Fall. Sonst noch etwas?" bestätigte Knox, während er zuhörte.

„Es gibt eine Reihe von Seilen, wie ein Labyrinth. Jemand muss einen Weg durch diesen Teil finden", bemerkte Derek, das jüngste Mitglied ihrer Gruppe.

„Bevor man dort hinkommt, muss man über diesen Wandabschnitt kommen", erklärte Paige. „Der sieht zu hoch aus, als dass ich allein darüber steigen könnte."

„Ist er auch", bestätigte Knox.

„Ich bin nicht gut darin, Wege zu bahnen, aber ich kann allen helfen, über diesen hohen Bereich zu kommen", bot Derek an.

„Ich mag Rätsel", bot Sharon an. „Wenn ihr mich über die Mauer bringt, finde ich einen Weg hindurch."

„Geht zu diesem Punkt und sammelt euch nach dem Seillabyrinth, um eure nächsten Schritte zu planen", schlug Knox vor und zeigte auf die Plattform in der Etappenmitte, auf der sie alle in der Mitte stehen konnten.

„Ich glaube, wir sind so weit. Lasst uns gehen", sagte Paige grinsend.

Sharon blickte zwischen den Seilen hindurch, die die Barriere vor ihr bildeten und erstarrte beim Anblick des Bodens so weit unter ihr. Ihre Nägel gruben sich verzweifelt in das Seil, an das sie sich klammerte, während Panik in ihr aufstieg. Sie hatte bislang nie gewusst, dass sie Höhenangst hatte, aber das hier war überwältigend.

Mit starrem Blick auf die Leute, die von unten zusahen, rief sie: „Ich glaube, ich schaffe das nicht."

Ihre Teamkolleginnen unterstützten sie sofort mit aufmunternden Rufen. Sharon hörte sie, verarbeitete ihre Worte aber nicht. Sie war zu verängstigt.

„Roni, konzentriere dich auf meine Worte." Knox' tiefe, dunkle Stimme riss sie aus ihren Gedanken. „Schau nach vorne auf dein Ziel. Sieh nicht nach unten. Dort wird dir nichts weiterhelfen."

Sharon richtete ihren Blick nach oben. Sie sah wieder zu Knox. Sein Blick war ruhig und geduldig. Er war nicht besorgt. Wenn Knox Vertrauen in sie hatte, konnte sie es vielleicht schaffen?

„Die Lösung liegt direkt vor dir. Lehn dich nach rechts und links. Halte nach einem Weg Ausschau", schlug er vor.

Sie folgte seinem Vorschlag und bewegte sich erst in die eine und dann in die andere Richtung. Nichts stach ihr ins Auge, bis sie sich wieder in die Mitte bewegte. Dann fiel Sharon etwas ins Auge. Langsam lehnte sie sich nach rechts zurück. Als sie sich bewegte, erschien ein Pfad. Eine etwas größere Öffnung schien zum nächsten Abschnitt zu führen.

Aufgeregt blickte sie zu ihrem Team zurück. „Ich glaube, ich habe es raus. Folgt mir."

„Los, Sharon, los!" Paige jubelte, als die Männer ihr Mut zusprachen.

Vorsichtig duckte sie sich unter einem Seil nach rechts. Jeder Schritt brachte sie den letzten Seilen ein Stück näher. Schließlich betrat Sharon die breite Plattform in der Mitte. Als sie sich triumphierend umdrehte und die Hände vor dem Herzen verschränkte, sah Sharon, dass Derek, Paige und Joe ihr bereits dicht auf den Fersen waren. Im Vertrauen auf ihre Fähigkeiten waren sie ihr gefolgt, ohne abzuwarten, ob sie erfolgreich sein würde. Sharon umarmte sich selbst, als ihr Triumph in ihr aufstieg. Sie hatte ihre Aufgabe erfüllt, nicht nur für sich selbst, sondern auch für die Gruppe von Menschen, die ihr vertrauten. Dieses Gefühl war süchtig machend.

Paige und Joe wurden zu den Superstars des nächsten Abschnitts, als sie ihre Talente für die letzten Herausforderungen zur Verfügung stellten. Sharon war begeistert von Joes analytischen Fähigkeiten, mit denen er Hürden vorhersehen konnte. Paiges Enthusiasmus machte alles zum Vergnügen. Sie erfuhren auch, dass sie einen schnellen Verstand hatte und Gruppenentscheidungen den Vorrang gab.

Als sie die letzte Plattform erreichten, schaute sich das Team ein paar Sekunden lang erstaunt an, bevor es sich wieder dem anspruchsvollen Weg zuwandte, den es zurückgelegt hatte. Derek brach das Schweigen.

„Können wir das noch einmal machen?"

Mit einem Lachen über seine Energie begann die Gruppe spontan ihren Siegestanz, bevor sie sich gegenseitig gratulierten. Was ihnen im Voraus völlig bescheuert erschienen war, fühlte sich jetzt großartig an. Sharon sah zu Knox hinüber, um seinem wissenden Blick zu begegnen. Er war schlau wie ein Fuchs.

KAPITEL 4

Neunzig Minuten nachdem sie begonnen hatten, brach jede Gruppe in fröhlich schnatternden Haufen auf dem Boden zusammen. Verbunden durch ihre gemeinsamen Bemühungen, die Herausforderungen zu meistern, feierte jedes Team seine Erfolge und überlegte, was es beim nächsten Mal besser machen könnte.

„Ich dachte, ich wäre eine große Belastung für die Gruppe, weil ich nicht sehr koordiniert bin", gab Sharon ihren Einundvierzigern gegenüber zu.

„Machen Sie Witze? Sie hatten die besten Ideen, wie man durch das Seillabyrinth kommt. Wir würden dort immer noch herumirren", beruhigte Derek sie mit einem Grinsen.

„Lasst uns all unseren Experten gratulieren", schlug Knox vor. „Eure Mütter haben euch sicher ermahnt, nie auf jemanden mit dem Finger zu zeigen, aber wir machen es trotzdem. Wer in eurer Gruppe hat die Probleme gelöst?"

Sofort zeigte jeder auf eine Person in seiner Gruppe, ohne sich abzusprechen. In Sharons Gruppe sah Joe etwas verlegen aus, weil er herausgegriffen wurde, aber er freute sich, der Gruppe geholfen zu haben.

„Wer hat alle ermutigt? Cheerleaders der Gruppe?", fragte Knox als nächstes.

Auch hier nannten die Mitglieder jeder Gruppe sofort eine Person, die diese Rolle übernommen hatte. Paige klatschte vor Freude in die Hände, als sie ausgewählt wurde. Es war offensichtlich, dass sie sich geehrt fühlte.

„Ich liebe es zu sehen, wie sich jeder auf unterschiedliche Weise bewehrt hat", lobte sie.

Knox fuhr fort und ging eine Vielzahl von Rollen durch. Er schloss mit der Frage: „Wer war eure Geheimwaffe?"

Die Einundvierziger deuteten auf Derek. Der junge Mann setzte sich gerade auf seinen Platz auf dem Boden und spannte spielerisch seinen Bizeps an.

„Es war nicht nur deine Stärke, Derek. Versteh mich nicht falsch, das hat viel geholfen, aber meiner Meinung nach hat dein Vertrauen in jeden von uns den größten Einfluss gehabt. Ich wusste immer, dass du dein Bestes geben würdest, damit unsere Gruppenentscheidungen funktionieren. Du bist ein echter Teamplayer", kommentierte Sharon.

Als Joe und Paige ihre Worte bestätigten, nickte Derek, als er ihr Lob in sich aufnahm. Sharon konnte sehen, dass ihre Worte ihn berührten.

Die anderen Gruppen hatten alle ihre eigenen Geheimwaffen gewählt. Sie wurden aus den verschiedensten Gründen ausgewählt, um die Gruppe voranzubringen, sie ruhig zu halten, ihre Gedanken zu ordnen, die anderen Gruppen auszuspionieren oder was auch immer das Team in diesem Moment brauchte.

Am Ende hatte jede einzelne Person eine wichtige Rolle übernommen, manchmal auch mehrere. Als sie aufstanden, um zu gehen, und Knox das Ende ihrer gemeinsamen Unternehmung ankündigte, bemerkte Sharon den Unterschied im Tonfall sowohl innerhalb der Teams als auch zwischen allen Teilnehmern. All das frühere Zögern hatte sich aufgelöst und alle waren sich nähergekommen.

Sie bewegten sich langsam, als ob sie nur ungern aufbrechen wollten und jeder verabschiedete sich persönlich von den anderen. Knox stand am Ausgang der Lichtung, um jedem die Hand zu schütteln und einen offiziellen Kaffeebecher der ABC-Türme zu verteilen. Diese waren nur für die Teilnehmer der verschiedenen Herausforderungen erhältlich.

So wie die Abreisenden sie hielten, vermutete Sharon, dass sie eher als Trophäe denn als Koffeinbehälter dienen würden. Sharon beobachtete ihre Gesichter, als sie sich zu ihren Autos zurückzogen. Jeder trug einen Gesichtsausdruck, der teils Stolz, teils Überraschung verriet. Sie wusste, dass sie diesen Becher noch jahrelang in Ehren halten würde.

„Wie fandest du es?", fragte Knox, als er die Kisten wieder in den Schuppen stellte und ihn abschloss.

„Das würde ich jedes Mal wieder machen", antwortete sie, ohne zu zögern.

„Perfekt. Du bist jetzt meine offizielle Freiwillige", antwortete er lachend, während sie den Weg zurückgingen.

„Wie bist du für diesen Job ausgewählt worden?", fragte sie neugierig.

„Ich habe mich freiwillig gemeldet. Einer meiner Jobs in der Highschool und im College war ein Vertrauenskurs. Als Easton mich fragte, was wir bräuchten, um Verbindungen zwischen den Mitarbeiterinnen und Mitarbeitern der verschiedenen Abteilungen zu schaffen, habe ich das hier geschaffen."

„Er hat Glück, dass er dich hat."

Knox quittierte ihr Lob mit einem kurzen Nicken. „Easton ist ein Experte darin, die besten Leute für besondere Positionen zu finden."

„Weißt du, was er für mich geplant hat?", fragte sie.

„Montagmorgen."

„Du bringst mich um", beschwerte sich Sharon.

„Nur noch acht Stunden bis zum Schlafengehen", antwortete er und öffnete die Tür des Geländewagens.

Nachdem er ihr auf den Sitz geholfen hatte, schaute Sharon auf ihre Uhr. „Ich werde nicht um halb neun ins Bett gehen."

Knox ignorierte diese Aussage und fügte hinzu: „Wir werden unterwegs essen gehen, das wird noch etwas Zeit in Anspruch nehmen."

„Ich weiß, dass du am Wochenende einiges zu tun hast. Du musst mir nicht die Zeit vertreiben", beeilte sich Sharon, ihm zu versichern.

„Wir müssen beide etwas essen. Was hältst du von saftigen

Burgern, die so fett sind, dass man sich den Kiefer vorher ausrenken muss?" fragte Knox, als er ihr den Sicherheitsgurt anlegte.

Ihr Magen knurrte bei dieser Vorstellung. Plötzlich hatte sie einen Bärenhunger. „Klingt fantastisch."

„Und los geht die Fahrt", bestätigte Knox, bevor er zurücktrat, um ihre Tür zu schließen und zur Fahrerseite zu gehen.

Innerhalb von Sekunden waren sie auf dem Weg. Knox fuhr auf den vollen Parkplatz eines Diners. „Von außen sieht es nicht so beeindruckend aus, aber es wird dir gefallen."

„Bei so vielen Gästen kann nichts schiefgehen."

Schon bald setzten sie sich auf die beiden einzigen freien Plätze. Sharon hatte noch nie zuvor auf einem Hocker an der Bar gesessen. Sie drehte sich hin und her und liebte es, in den Spiegel zu schauen, um das geschäftige Treiben hinter sich zu sehen. Sie konnte sich nicht zu sehr drehen, ohne mit den Knien gegen Knox' Beine zu stoßen. Sharon hatte immer gewusst, dass er breit gebaut war, aber jetzt, wo sie so nah nebeneinander saßen, kam sie sich sehr zierlich vor.

Eine Kellnerin, die so aussah, als würde sie vom ersten Tag an im Diner arbeiten, legte jedem von ihnen sorgfältig eine Serviette und ein Besteck vor die Nase. „Was möchten Sie trinken?", fragte sie.

„Ich nehme nur eine Cola", bestellte Sharon, die unbedingt etwas Koffein haben wollte. Irgendetwas in ihr veranlasste sie, Knox um Erlaubnis zu fragen, so wie sie es bei ihrem Daddy immer getan hatte. Sofort stiegen ihr Tränen in die Augen und trübten ihre Sicht.

„Ich nehme das Gleiche. Geben Sie uns beiden etwas Vanillesirup in die Drinks. Wir hätten gern Burger mit Fritten, bitte - einen gut durch, einen medium." Knox übernahm das Kommando, ohne zu zögern.

Als die Kellnerin sich entfernte, um den Auftrag durch ein Fenster zur Küche zu rufen, während sie die Bestellung an eine Drehscheibe hängte, legte Knox eine große Hand auf Sharons Oberschenkel. Er drehte ihren Stuhl um, so dass sie ihm zugewandt war. Er zog eine Serviette aus dem Spender und wischte ihr vorsichtig über die Augen, bevor er ihr einen leichten Kuss auf die Lippen drückte. Er verschränkte seine Finger mit ihren und legte ihre Hände, nachdem er sie gedrückt hatte, auf seinen Oberschenkel.

Sie blinzelte zu dem robusten Mann auf. „Pass auf. Ich werde allen erzählen, dass sich hinter deinem fiesen Äußeren ein großer Softie verbirgt."

Mit einem weiteren sanften Druck flüsterte er: „Pst! Du ruinierst noch meinen guten Ruf."

Ein leises Kichern entrang sich ihren Lippen. Als sie sich umschaute, sah Sharon, dass niemand etwas bemerkt hatte. Knox hatte sich um sie gekümmert. Die Kellnerin stellte ein großes Glas vor sie hin, das verführerisch sprudelte. Sharon nahm es in die Hand und nahm einen großen Schluck durch den Strohhalm.

„Lecker!", sagte sie anerkennend. „Das ist das beste Erfrischungsgetränk, das ich je getrunken habe. Was ist da drin?"

„Sie haben hier eine altmodische Limonadentheke. Ich habe sie gebeten, meinen Lieblingsgeschmack auch in dein Getränk zu tun - Vanille. Gut, nicht wahr?"

„Es ist erstaunlich. Welche anderen Geschmacksrichtungen haben sie?"

„Da drüben ist eine Tafel. Man kann sogar zwei Geschmacksrichtungen miteinander kombinieren", erklärte Knox, während er auf ein Schild links neben den Spiegeln vor ihnen zeigte.

„Hast du sie alle probiert?"

„Ein paar. Genug, um zu wissen, dass diese hier meine Lieblingssorte ist. Weintraube fand ich nicht so berauschend. Kirsche ist laut den Kellnern sehr beliebt, aber das ist keine Geschmacksrichtung, die ich besonders mag", erzählte Knox.

„Jetzt möchte ich sie alle probieren. Nimmst du mich noch einmal mit?"

„Natürlich. Nach einem Bissen von dem Burger wirst du hier wohnen wollen", prophezeite Knox.

„Was glauben Sie, weshalb ich seit siebenundzwanzig Jahren hier wohne?", scherzte die Kellnerin, als sie die Burger vor ihnen abstellte.

Sharon betrachtete den riesigen Burger vor ihr und schaute Knox erstaunt an. „Den kriege ich beim besten Willen nicht in den Mund."

„Hier ist das Geheimnis. Schneide ihn in zwei Hälften und halte den Burger seitlich", flüsterte Knox aus dem Mundwinkel, während er sich umsah. Er hob sein Messer und schob ihren Burger vor sich her, um ihn in zwei Stücke zu schneiden. Eine vage rosa Mitte kam zum Vorschein.

„Der hier ist medium. Das heißt, der hier ist *gut durch*." Schnell schnitt Knox den vor ihm liegenden Burger in zwei Hälften, um sich zu vergewissern, dass er durch und durch bräunlich war. „Wie magst du deinen Burger?"

„Ich mag sie gut durchgebraten", antwortete sie mit einem Schaudern.

„Dann ist der hier deiner." Vorsichtig tauschte er die Teller vor ihnen aus.

„Magst du den hier?", fragte sie ängstlich.

„Ich würde deinen Burger auch dann noch essen, wenn er auf den Boden fallen würde, aber ja, ich bestelle hier normalerweise medium."

Da sie sich nicht sicher war, ob sie nicht den von Knox gewünschten genommen hatte, hob sie eine Hälfte an und nahm einen seitlichen Bissen. „Mmm!" Sharon wand sich vor Glück und kaute genüsslich.

„Gut, nicht wahr?" Knox nickte zufrieden, dass es ihr schmeckte, während er eine Hälfte zum Mund führte und einen großen Bissen nahm.

Sharon lachte, als sich seine Augen vor Verzückung in seinem Kopf zurückdrehten. Sie nahm einen weiteren Bissen und beugte sich vor, um ihm auf die breite Schulter zu klopfen.

„Eine Konvertierte! Ich wusste, dass es so kommen würde", verkündete er und sein Blick glänzte vor Freude.

Er nahm die Ketchupflasche aus Glas in die Hand und schüttelte sie vorsichtig, bevor er sie über den Rand ihres Tellers hielt. „Bist du ein Ketchup-Mädchen, das den Ketchup an der Seite serviert oder über den ganzen Teller schüttet?"

Vorsichtig schob Sharon ihre Pommes frites zur Seite, damit er den Ketchup darauf verteilen konnte. „Hier, bitte", bat sie.

Zufrieden mit der großen Pfütze, die er auf ihrem Teller hinterlassen hatte, tauchte Sharon eine heiße, knusprige Pommes in die Mischung und steckte sie in ihren Mund. „Lecker! Ich weiß nicht, was besser ist: der Burger oder die Pommes."

„Klingt so, als ob ich demnächst jedes Mal meine gute Freundin mitbringen müsste, wenn ich komme", meinte Knox.

„Ich bin jederzeit dabei", stimmte Sharon zu und neigte ihren Kopf wieder zur Seite, um sich den Burger in den Mund zu schieben.

Das warme Gefühl, das sie gestern Abend beim Anschauen des Films mit Knox erlebt hatte, flammte wieder in ihr auf. Es war so lange her, dass sie jemanden hatte, mit dem sie Spaß hatte, mit dem sie reden konnte, mit dem sie neue Dinge erleben konnte. Sie hatte gedacht, dass diese Rolle stets Roger zukommen würde, aber das Schicksal hatte andere Pläne für sie gehabt.

Sie sah auf, um Knox' Blick zu begegnen und fragte erneut: „Was willst du von mir, Knox?"

„Alles."

„Und wenn ich dir das nicht geben kann?"

„Dann helfe ich dir, dorthin zu kommen, wo du es mir geben kannst. Hier gibt es keine Gebrauchsanweisung, Roni. Keinen Zeitplan."

„Was ist, wenn es lange dauert oder nie passiert?"

„Das wird es. Das kleine Mädchen in dir wird dir helfen, weiter zu heilen. Sie weiß, was sie braucht."

Sharon nickte. Dagegen konnte sie nichts einwenden. Knox hatte Recht.

Wieder legte er seine riesige Hand auf ihr Knie und drückte sie sanft, um sie zu beruhigen. „Iss deinen Burger und genieße den heutigen Tag. Der morgige Tag wird früh genug kommen und dann kannst du dir darüber Gedanken machen."

Sie sah zu, wie er einen weiteren großen Bissen von seinem Hamburger nahm, um die erste Hälfte zu verputzen. Kopfschüttelnd tunkte Sharon eine weitere Pommes ein und steckte sie sich in den Mund. Sie würde es auf keinen Fall schaffen, die Hälfte ihres Burgers zu essen, aber sie würde sich gewaltig anstrengen.

Viel Zeit verging, bis sie und Knox das Diner verließen. Sharon trug eine Packung mit einem halben Hamburger zum Mitnehmen und ein paar Bissen, die von der ersten Hälfte übriggeblieben waren. Er half ihr ins Auto, bevor er sich hinter das Lenkrad setzte. Auf der Rückfahrt zum Edgewater-Campus lehnte sich Sharon entspannt auf dem Sitz zurück. Sie war noch ganz aufgeregt wegen des Erfolgs ihres Teams auf dem Parcours, aber das leckere Essen hatte auch ihren Magen erfreut.

„Wenn ich nicht befürchten müsste, morgen an meinem ersten Tag bei Edgewater Industries Burger-Atem zu haben, würde ich das hier zum Mittagessen mitnehmen", bemerkte Sharon. Sie hob den Behälter an ihre Nase und schnupperte. „Wahrscheinlich ist es besser, wenn ich den zum Abendessen in meiner Wohnung esse."

„Nimm dir nicht vor, morgen an deinem Schreibtisch zu Mittag zu essen", warnte Knox.

„Ich werde zu beschäftigt sein?"

„Easton wird sicher für ein Arbeitsessen sorgen."

„Was werde ich denn tun, Knox?" Wenn es jemanden gab, dem Sharon vertraute, dass er das Unternehmen in- und auswendig kannte, dann war es Easton. Sie hatte Witze über ihren neuen Job gemacht, aber innerlich wusste Sharon, dass alles, was der gewiefte Geschäftsmann vorhatte, gut zu ihr passen würde.

„Etwas, das dir gefallen wird", versprach er.

„Du weißt, dass ich dich zur Strecke bringen werde, wenn ich am Ende etwas Schreckliches mache."

„Du kannst mich jederzeit zur Strecke bringen."

Sharon wusste nicht, was sie darauf antworten sollte, also sah sie aus der Windschutzscheibe. Als Knox' Hand wieder ihr Knie bedeckte, verschränkte sie ihre Finger mit seinen und drückte sie. Sie war gern mit Knox zusammen. Beruflich hatte sie seine Gesellschaft immer genossen, denn in seiner Rolle als Sicherheitschef hatte sie eine Million Aktivitäten mit ihm koordiniert. Jetzt freute sie sich darauf, mehr über ihn zu erfahren. Er war ein Mysterium in einer mächtigen Hülle - einer sehr maskulinen, gutaussehenden Hülle.

KAPITEL 5

Als Sharon die Eingangstür zum A-Turm öffnete, wie sie es schon eine Million Mal zuvor getan hatte, schluckte sie schwer. Sie hatte ihren Lieblingshosenanzug angezogen und die kupferfarbenen Fäden, die sich durch das Jackett zogen, mit Absätzen in Szene gesetzt, die dem Outfit den letzten Schliff gaben. Die Schuhe waren ebenso bequem wie schön. Wer wusste schon, wie viel man an diesem ersten Tag gehen oder stehen würde?

Ströme von Menschen zogen an ihr vorbei auf dem Weg zu ihrer Arbeit. Viele grüßten sie und hießen Sharon wieder in der Firma willkommen. Sie liebte es, das Lächeln auf den Gesichtern der Mitarbeiter zu sehen. Im ganzen Land war der Montag als Tag, an dem alle wieder zur Arbeit gingen, verhasst. Aber hier schienen alle froh darüber zu sein, das Montag war.

Nur ein Gesicht lächelte nicht. Knox schaute den Lieferanten, der an der Rezeption stand, streng an. Automatisch wusste sie, dass etwas nicht stimmte. Sharon wusste, dass es besser war, ihn nicht zu unterbrechen, während Knox sich um die Sicherheit der Angestellten kümmerte. Sie ließ ihre Pläne, ihm dafür zu danken, dass er an diesem Wochenende Zeit mit ihr verbracht hatte, beiseite und ging direkt zum Aufzug.

In einem Gewimmel von Körpern trat sie ein, als sich die Türen öffneten. Eastons Büro befand sich in der obersten Etage. Sie bedankte sich, als der Mann neben den Rufknöpfen automatisch den Knopf für sie drückte, während andere ihre Haltestellen ausriefen. Der Aufzug leerte sich schnell, während er nach oben fuhr. Schließlich stand sie allein in der Stille, als die letzten drei Stockwerke auf dem Display aufleuchteten.

Sharon trat in Eastons Vorzimmer hinaus. Es war still und verlassen. Sie ging auf die offene Tür zu und entdeckte Piper, die in Eastons Armen lag. Sharon konnte nicht anders, als zuzusehen, wie Easton die Frau innig küsste und ihr Herz schlug ihr bis zum Hals. Es bestand kein Zweifel, dass die beiden sich liebten. Sie verschränkte die Hände vor der Brust und ging zurück zu den Aufzugstüren, um den beiden Privatsphäre zu geben.

Als sie Eastons tiefe Stimme leise sprechen hörte, meldete sie sich: „Guten Morgen! Ich bin ein paar Minuten zu früh."

Piper ging sofort in den Empfangsbereich, um sie zu begrüßen. Der verschmierte Lippenstift verriet sie. Sharon überlegte, wie sie die andere Frau einweihen konnte, ohne sie in Verlegenheit zu bringen. Sie wollte auf keinen Fall, dass Piper die Gäste mit dem leidenschaftlichen Beweis von ihren Lippen - oder besser gesagt, auf ihren Lippen - begrüßte.

„Sharon! Ich bin so froh, dich zu sehen!"

„Hey, Piper. Du hast dich ja schon gut eingelebt und das Büro zu deinem eigenen gemacht. Mir gefallen die neuen Bilder", lobte Sharon. Sie hob eine Hand und fuhr sich mit einem Finger über die Lippen, um Piper zu signalisieren, dass ihr Lippenstift verschmiert war.

„Oh, danke!" Piper schnappte sich sofort ein Taschentuch und wischte sich die Schminke ab.

„Habe ich alles erwischt?", flüsterte sie.

„Perfekt. Ist Easton bereit, mich zu empfangen?"

„Er hat seinen Termin für heute Morgen abgesagt. Ich wette, du bist schon gespannt, was er geplant hat", sagte Piper, als sie Sharon in Eastons Büro führte. Beiläufig wischte sie ihm ein Stückchen Lippenstift aus dem Mundwinkel.

„Danke", kommentierte Easton, als sich ihre Blicke trafen.

„Hm. Soll ich später wiederkommen?", fragte Sharon mit einem Lachen. Es bestand kein Zweifel, dass die beiden perfekt zusammenpassten. Irgendwie hatte sie es gewusst, als Pipers Lebenslauf auf ihrem Schreibtisch gelandet war.

„Entschuldige uns, Sharon. Ich habe mich auf diesen Tag gefreut, seit du gegangen bist. Komm rein. Wir haben heute viel zu besprechen", drängte Easton, als er sie in sein Büro winkte.

Sharon hielt in der Tür inne. Auf dem großen Konferenztisch an der Seite des Raums lagen mehrere Stapel von Papieren. Will Easton, dass ich dort arbeite?

„Wir setzen uns da drüben hin", sagte Easton und wies den Weg zu dem großen Arbeitsplatz.

Als sie beide Platz genommen hatten, kam Piper mit zwei dampfenden Tassen Kaffee herein, die genau nach ihrem Geschmack zubereitet waren. „Ich stelle die hier ab und schließe dann die Tür. Sagt Bescheid, wenn ihr noch etwas braucht."

„Danke, Piper", sagte Sharon mit einem Lächeln, als sie die Tasse entgegennahm. Sie war so froh, die Frau mit einem Strahlen des Glücks um sich herum zu sehen, anstelle der ängstlichen Miene, die Piper bei ihrer Ankunft aufgesetzt hatte.

Als die Tür klickte, kam Easton gleich zur Sache. „Ich habe dich zu lange warten lassen, um jetzt herumzutrödeln. Ich habe eine neue Position geschaffen, die du hier bei Edgewater Industries einnehmen sollst. Du hast ein einzigartiges Talent, Stärken und Potenziale zu erkennen. Ich möchte, dass du unsere neue Headhunterin wirst."

„Du meinst, ich soll herumreisen und Leute suchen, die ich zu Edgewater Industries schleppen kann? Ich fürchte, ich bin nicht gern einen großen Teil der Woche von zu Hause weg", antwortete Sharon und spürte, wie ihr das Herz in die Hose rutschte. Das konnte nicht die Stelle sein, die Easton ihr versprochen hatte.

„Ich habe das schlecht erklärt. Lass mich noch einmal von vorne anfangen. Wie viele Bewerbungen lagen auf deinem Schreibtisch, als du dich auf die Suche nach deiner Nachfolgerin gemacht hast?" Easton beugte sich vor, um ihren Blick zu suchen.

„Hunderte. Wir hatten Kandidatinnen innerhalb und außerhalb des Unternehmens, die sich beworben haben. Erst als die Bewerbung von Piper eintraf, wusste ich, dass sie die schwer fassbaren Eigenschaften hat, die gut zu dir passen würden."

„Das ist es, was ich möchte, dass du tust. Finde den ideale Kandidatin oder Kandidaten, die oder den wir für die Schlüsselpositionen brauchen. Ich werde deine Zeit nicht damit verschwenden, Leute für jeden Job auf dem Gelände zu interviewen. Natürlich sind alle meine Mitarbeiterinnen und Mitarbeiter wichtig, aber die Personalabteilung leistet hervorragende Arbeit bei der Suche nach soliden Mitarbeitern für die Edgewater-Industrie. Sie haben nur nicht dein einzigartiges Gespür für die Auswahl spezieller Positionen."

„Piper ist nur eine glückliche Wahl ..."

„Blödsinn. Du hattest deine Hände im Spiel, als ich unglaubliche Talente für das Unternehmen ausgewählt habe. Von Knox in der Sicherheit, Belinda Jenkins in der Technik, Piper, Fane, sogar unsere talentierte Cynthia in der Cafeteria, du hast unglaublich fähige Leute gefunden, die du mir empfohlen hast. Jeder von ihnen könnte überall hingehen, aber sie haben sich entschieden, hier zu sein. Sie passen zu unserer Gemeinschaft und unseren Zielvorstellungen."

„Ich habe diese Leute nicht wirklich ausgewählt. Ich habe nur auf Eigenschaften hingewiesen, die mir aufgefallen sind", protestierte sie.

„Genau das sollst du auch weiterhin tun. Nur wirst du jetzt nicht mehr den ganzen Papierkram in meinem Büro durchwühlen. Du wirst deine einzigartigen Talente nutzen, um Edgewater Industries zu stärken." Easton wob sein Netz um sie und Sharon glaubte fast, dass sie es schaffen könnte.

„Hier sind drei Profile von Interessenten für die Stelle in der Versandleitung. Ich werde jetzt einen Bericht lesen, während du ihre Akten durchgehst. Wenn du fertig bist, kommen wir wieder zusammen und du kannst Fragen stellen. Um neun Uhr findet ein zwanzigminütiges Vorstellungsgespräch mit dir und dem Personalleiter statt."

Sharon sah auf die Bewerbungen hinunter und schob die Papiere aus der ersten Mappe heraus. Bewusst schaute sie nicht auf das Bild in der Mappe, sondern überflog die Informationen, die auf dem Papier ganz oben standen. Sie blickte über den Tisch und fand einen Notizblock und einen Stift, die Piper in die Mitte gelegt hatte. Schnell machte sie sich ein paar Notizen und notierte sich einige Fragen, bevor sie sich der zweiten Mappe zuwandte. Bald war sie bereit, mit Easton zu sprechen.

„Darf ich dir ein paar Fragen stellen?"

„Natürlich." Easton setzte sich wieder zu ihr an den Tisch und zog sich einen passenden Satz von Akten heran.

„Erzähl mir, was du von dieser Stelle erwartest."

„Unsere Versandaktivitäten werden sich im nächsten Jahr vervierfachen, da wir expandieren. Die Person muss über genügend Erfahrung verfügen, um uns ohne lange Einarbeitungszeit auf die nächste Stufe zu bringen. Sie muss flexibel sein, um ein Projekt auf eine neue Art und Weise zu betrachten. Ich glaube, dass wir in dieser Abteilung neue Wege beschreiten müssen. Ich brauche für diese Position eine Kombination aus visionärem Denken und knallharter Umsetzung."

„Verstehe. Das liegt völlig außerhalb meiner Erfahrung. Ich kann dir nur meine Eindrücke schildern und mit den Experten aus der Personalabteilung zusammenarbeiten", warnte sie.

„Das ist alles, worum ich dich bitte."

Sharon versuchte, ihre Befürchtungen zu zerstreuen und atmete leise aus, bevor sie nickte. Sie musste Easton vertrauen. Sie hatten zu viele Jahre zusammengearbeitet. Ihr Chef kannte ihre Stärken besser als jeder andere. Sie warf einen Blick auf die Uhr.

„Wo sind die Vorstellungsgespräche?"

„Im Konferenzraum der Personalabteilung", erklärte Easton. „Die Personalabteilung wird mir ihre Wahl mitteilen, und ich werde dich bitten, mir auch deine Empfehlung zu schicken. Die endgültige Entscheidung über Schlüsselpositionen treffe ich, wie immer. Es wird noch andere Komponenten deiner Arbeit geben, aber dies wird die wichtigste sein. Ich habe deinen Zeitplan für den nächsten Monat aufgestellt. Danach hast du das Sagen."

„Ich werde dich jetzt in Ruhe lassen und mich mit dem Leiter der Personalabteilung in Verbindung setzen", sagte Sharon und stand auf, um ihre Notizen und Mappen einzusammeln.

„Schau bei deinem neuen Büro vorbei. Du wirst auf dem Weg daran vorbeikommen."

„Ich habe ein Büro?"

„Hast du. Und eine Assistentin. Schau kurz vorbei, um sie kennenzulernen. Ihr Büro befindet sich im Erdgeschoss auf dem Weg zur Personalabteilung."

„Easton ..."

„Geh, Sharon. Ich habe in drei Tagen eine Besprechung mit dir geplant. Ich werde dann mit dir sprechen."

„Du musst mich auf Trab halten, nicht wahr?"

„Ja. Ich erwarte, dass du dich revanchierst."

Sharon nickte und stand auf. Sie nahm die Mappen und ihre Notizen und verließ Eastons Büro. Sie winkte Piper, die gerade telefonierte, zum Abschied zu, rief den Aufzug und fuhr ins Erdgeschoss hinunter. Als sich die Türen öffneten, sah sie Knox, der in der Vorhalle auf sie wartete.

„Auf dem Weg zum Büro?", fragte er einladend.

„Ja, aber ich kann allein dorthin gehen. Du bist sicher mit anderen Dingen beschäftigt."

„Ich habe ein paar Minuten Zeit. Komm, es geht hier lang." Er führte sie einen breiten, vertrauten Gang entlang, vorbei am Sicherheitsbüro.

Knox blieb vor einer trüben Glastür stehen, die ihren Namen und den Titel *Headhunterin* trug. „Ziemlich beeindruckend, was? Ich lasse dich allein hineingehen. Essen heute Abend?"

„Kann ich dir am Ende des Tages Bescheid sagen?", hakte sie nach.

„Auf jeden Fall." Knox trat zur Seite und stieß die Tür auf, damit sie eintreten konnte.

Sharon lächelte ihn dankend an, als sie hineinging. Mit zwei Schritten war sie durch die Tür und starrte die junge Frau an, die ihr entgegenkam. „Debbie? Bist du meine Verwaltungsassistentin?"

Sie bemerkte nicht einmal, dass sich die Tür leise hinter ihr schloss, als die ihr wohlbekannte Frau antwortete.

„Ich bin die dir zugewiesene Aushilfsverwalterin. Easton betonte, dass du möglicherweise jemanden mit besonderen Fähigkeiten brauchst und dass du vielleicht eine Veränderung vornehmen musst. Ich bin also so lange hier, wie du mich brauchst."

„Veränderungen hin oder her." Sharon verwarf diesen Gedanken, als sie nach vorne eilte, um ihre Freundin unbeholfen zu umarmen, die Hände voll mit den Akten.

Sharon wich zurück und sagte: „Ich werde dich nie wieder loslassen."

„Ich werde dich nicht an dieses Versprechen binden. Es wird mich nicht kränken, wenn du jemanden mit anderen Fähigkeiten brauchst. Das wirst du herausfinden, wenn du dich in diese neue Position eingearbeitet hast", betonte Debbie, während sie die freie Hand ihrer Chefin nahm.

„Atme erst einmal durch", schlug ihre Assistentin vor.

Die beiden Frauen atmeten gemeinsam ein und ließen ein geräuschvolles Ausatmen folgen.

„Und jetzt sieh dich um", wies Debbie sie an, während sie einen Schritt zurücktrat, um Sharon den Blick auf das schön gestaltete Büro freizugeben.

„Das ist großartig. All dieser Platz ist für uns?" Sharon staunte.

„Das ist alles für mich. Dein Schreibtisch ist hinter dieser Tür." Debbie wies mit der Hand zur Seite.

„Ich habe ein eigenes Büro?"

Sharon eilte zur Tür und öffnete sie, um einen großen Holz-schreibtisch zu sehen, der bereits mit einem Laptop und einem Geschäftstelefon ausgestattet war. „Das ist für mich? Ich habe heute nur drei Vorstellungsgespräche. Ich werde nicht genug tun, um diesen Raum zu rechtfertigen."

„Sag das nicht. Ich arbeite schon seit vier Wochen mit Easton und Piper zusammen. Dein Terminkalender ist ein Killer", teilte Debbie mit.

„Wirklich?" Sharon bewegte sich auf den Schreibtisch zu, um ihren Computer einzuschalten.

„Chefin? Sie haben keine Zeit, sich in Ihre zukünftigen Meetings zu stürzen", warnte Debbie und tippte auf ihre Uhr.

„Stimmt. Es ist Zeit für die Vorstellungsgespräche."

Mit einem letzten Blick durch den Raum drückte Sharon die Akten fester an ihre Brust. Sie würde die Welt in Brand setzen müssen, um dieses Büro zu rechtfertigen. Sie winkte Debbie zu und machte sich auf den Weg in die Personalabteilung.

Vor der Tür hielt ein Mann inne, um sein Jackett und seine Krawatte zu richten. Sorgfältig strich er sich das Haar über die Stirn. Als ob er das Flüstern von Sharons Absätzen auf dem Teppich gehört hätte, stieß er die Tür auf und trat ein. Als die Tür mit einem Klicken hinter ihm zufiel, starrte Sharon ihm ungläubig nach. Er hatte ihr nicht einmal die Tür aufgehalten! Vielleicht hatte er sie nicht gesehen?

Sie stieß die Tür auf und betrat die geschäftige Personalabteilung. Ein großer Tresen trennte mehrere Kabinen vom Empfangsbereich ab.

„Sharon!" Ein gutaussehender Mann kam mit einem Lächeln und einer ausgestreckten Hand zügig auf sie zu. „Ich freue mich darauf, mit Ihnen zusammenzuarbeiten. Kommen Sie mit in den Konferenzraum. Ich möchte Sie gerne dem Team vorstellen."

„Danke, Bill. Ich bin froh, Sie wiederzusehen."

Als er Sharon durch das Büro führte, winkten oder lächelten ihr viele Mitarbeiter zu. Sie hatte im Laufe der Jahre so viele Leute kennengelernt. Sharon hatte gar nicht bemerkt, wie sehr sie es vermisst hatte, alle zu sehen.

„Sharon, das ist das Interviewteam", stellte Bill sie vor. „Wir werden den ersten Kandidaten in fünf Minuten reinrufen. Möchten Sie das Profil sehen, das unser Team für diese Stelle erstellt hat?"

„Natürlich." Sharon setzte sich auf den Stuhl, den Bill ihr zugedacht hatte. Rasch überflog sie das Dokument, das sie vorbereitet hatten. Es schien mit den Informationen übereinzustimmen, die ihr Easton zuvor vorgelegt hatte. Das Wesentliche, das er vorgeschlagen hatte, war in dem ausgefeilten Profil nicht enthalten. Sie merkte sich das für später und blickte auf.

„Ich bin bereit, wenn Sie es sind", versicherte Sharon dem Team.

Bill brachte den ersten Kandidaten zu ihnen an den runden Tisch. Sharon blinzelte beim Anblick des Mannes, den sie auf dem Flur gesehen hatte. Als sie die erste Akte öffnete, sah sie zum ersten Mal sein Bild und überflog seinen Lebenslauf, während die anderen Teammitglieder ihn begrüßten und ihm eine Frage stellten.

Als sie an die Reihe kam, sagte Sharon: „Willkommen bei Edgewater Industries, Mr. Simmons. Sie haben einen sehr beeindruckenden Lebenslauf."

Der Befragte nickte nur mit dem Kopf, ohne ihren Gruß zu erwidern.

„Was können Sie mir über Edgewater Industries erzählen?"

„Das Unternehmen wurde von Easton Edgewater gegründet und ist sehr erfolgreich."

„Können Sie mir sagen, was wir hier produzieren?"

„Ich habe keine Ahnung", antwortete Tim Simmons unverblümt. „Ich kann Ihnen sagen, dass die Versandabteilung veraltet ist und mit neuer Technologie komplett überholt werden muss."

„Woher wissen Sie das?", erkundigte sich Sharon.

„Ich habe eine Lieferung verfolgt, die vom Büro in Perth, Australien, an diesen Ort geschickt wurde. Es dauerte doppelt so lange wie nötig und kostete das Vierfache des üblichen Marktpreises."

„Könnten Sie das näher erläutern?", fragte sie.

„Ich kann Ihnen alle Unterlagen geben."

Sharon blinzelte über seine knappe Antwort und stellte eine letzte Frage: „Warum glauben Sie, dass Edgewater Industries davon profitieren würde, Sie einzustellen?"

„Ich bin der Beste, den Sie für dieses Gehalt bekommen können."

„Wir haben das Ende der uns zustehenden Zeit erreicht. Danke, dass Sie zu uns gekommen sind, Mr. Simmons. Wir bleiben in Kontakt", versicherte ihm Bill.

Ein Mitglied verließ den Raum und begleitete ihn zurück zum Haupteingang. Als sich die Tür hinter ihnen schloss, blieben die anderen still. Sharon blickte von ihren Notizen auf und stellte fest, dass alle sie ansahen.

„Was halten Sie von Mr. Simmons?", fragte sie, um das Eis zu brechen.

„Von meiner Liste."

„Habe ihn auch gestrichen."

„Ich würde nicht für ihn arbeiten wollen. Er hat mir nie in die Augen gesehen, sondern nur über meine Schulter gestarrt."

„Ich behalte mir meine Meinung vor, bis wir mit den anderen Bewerbungen fertig sind", sagte sie der Gruppe.

Einige Sekunden später trat die zweite Kandidatin ein und stellte sich als Barb Eagleton vor. Die Frau war in den Vierzigern und wirkte sehr sympathisch und aufgeschlossen. Sharon stellte dieselben Fragen und die Antworten der Frau beeindruckten sie. Bei der Zusammenfassung des Vorstellungsgesprächs konzentrierte sich das Team auf all die positiven Aspekte, die sie festgestellt hatten.

„Hat jemand von Ihnen etwas zu bemängeln?", fragte sie.

Alle schüttelten den Kopf.

Der letzte Bewerber trat ein - ein junger Mann mit Knitterfalten in seinem Hemd und Flecken auf seiner Brille. Joe Buchanan beantwortete alle Fragen gründlich. Sein Lebenslauf enthielt glühende Empfehlungen von Wirtschaftsprofessorinnen und Professoren der Universität.

„Warum glauben Sie, dass Edgewater Industries von Ihrer Einstellung profitieren würde?", wiederholte Sharon ihre letzte Frage.

Er zog ein Blatt Papier aus seiner Jackentasche und faltete es auseinander, bevor er sich an den Ausschuss wandte. „Ich weiß, dass ich nicht der Kandidat mit den meisten Jahren an Erfahrung bin. Ich arbeite für Edgewater Industries, seit ich sechzehn bin. Meine Eltern arbeiten im Turm C. Meine Verlobte arbeitet in diesem Turm. Ich würde bei Edgewater Industries gern Karriere machen. Letzte Woche hatte ich Urlaub von meinem Job in der vierten Etage. Ich habe meine freie Zeit in der Versandabteilung verbracht, um ein Praktikum für mein Wirtschaftsstudium zu absolvieren. Hier sind die Dinge, die mir dort aufgefallen sind."

Joe hakte eine Vielzahl von positiven Aspekten und Empfehlungen ab. Seine Liste war detailliert und gut durchdacht. Am aufschlussreichsten war jedoch, dass er mit jeder einzelnen Person am Tisch Augenkontakt aufnahm. Er war sympathisch, ohne aufdringlich zu sein. Das zustimmende Nicken in der Runde versicherte Sharon, dass er von allen gewählt werden würde. Eine kleine Stimme in ihrem Inneren flüsterte ihr eine Warnung zu.

Als Joe aus dem Raum geführt wurde, schaute sich das Interviewteam gegenseitig an. Bill, der Personalkoordinator, leitete die Diskussion mit den Worten ein: „Ich weiß, wie meine Wahl ausfällt."

Die anderen stimmten schnell mit Joes Namen ein. Als sie Sharon ansahen, hob sie eine Hand, um den Prozess zu verlangsamen. „Ich würde gern Joes Vorgesetzten in der Versandabteilung ein paar Fragen stellen."

Als die anderen protestierten, dass das nicht nötig sei, beharrte sie darauf: „Es wird noch fünf Minuten eurer Zeit in Anspruch nehmen."

Sharon erkannte an den Gesichtsausdrücken der anderen, dass sie nicht wollten, dass die neue Person in einer gerade erst geschaffenen Position, die sich mit ihrer Zuständigkeit überschnitt, den Prozess verzögerte. Sie versteifte ihren Rücken und gab nicht nach. "Ich denke, es ist wichtig, dass wir alle Informationen sammeln, die uns zur Verfügung stehen.

Schließlich rief Bill den derzeitigen Versandleiter an. „Tut mir leid, dass ich Sie störe, Alan. Ich habe Sie auf dem Freisprecher mit dem Team, das einen neuen Vertriebsleiter auswählt. Joe Buchanan hat sich für diese Stelle beworben. Was können Sie uns über ihn sagen?"

„Er könnte gut genug sein, nachdem er ein Jahrzehnt lang an vorderster Front gearbeitet hat. Gerade steckt er voller Ideen, die er im Studium gelernt hat. Leider werden an den meisten Universitäten Techniken gelehrt, die nicht dem heutigen Stand der Branche entsprechen. Joe hat eine Menge Vorschläge gemacht - allesamt Vorschläge, die wir in der Vergangenheit ausprobiert haben und die sich nicht bewährt haben. Er ist nicht daran interessiert, aus dem zu lernen, was wir bereits verworfen haben."

Sharon betrachtete die schockierten Gesichter der anderen. Innerlich nickte sie vor sich hin. Sie hatte bei ihrer Arbeit bei Edgewater Industries schnell herausgefunden, dass Easton sich vor allem scheute, was glänzte und perfekt aussah. Joe wäre eine katastrophale Wahl gewesen.

„Alan, hier spricht Sharon Ross. Danke, dass Sie Ihre Erfahrungen mit dem Team geteilt haben. Darf ich Ihnen noch einen Namen nennen?"

„Sharon! Ich habe gehört, dass Sie zurück sind. Ich werde alles tun, um Ihnen zu helfen. Sie haben über die Jahre so viele Dinge für mich erledigt, ich glaube, ich schulde Ihnen etwa eine Million", antwortete der schroffe Mann freundlich.

„Haben Sie schon von Tim Simmons gehört?" erkundigte sich Sharon.

„Stellen Sie ihn ein."

Sharon warf einen Blick auf das Wiederaufleben der schockierten Mienen am Tisch. „Warum?"

„Er ist topaktuell. Er kennt sich aus. Wenn jemand Edgewater Industries auf die nächste Stufe bringen kann, dann er. Ich wusste nicht, dass er wieder mobil ist. Hatte er seinen Blindenhund dabei?"

„Nein, er war allein. Können Sie uns sagen, was Sie damit meinen, dass er wieder mobil ist?"

„Er wurde während eines heftigen Regenschauers von einem Auto angefahren. Einer dieser unglücklichen Unfälle - kein betrunkener Fahrer, keine Textnachrichten am Steuer, nur blendender Regen. Während des Krankenhausaufenthaltes ging Tim seinen beruflichen Verpflichtungen nach und saß schon bald wieder an seinem Schreibtisch. Leider haben seine Verletzungen sein Sehvermögen beeinträchtigt. Sein derzeitiger Arbeitgeber nimmt allerdings keine Änderungen vor, damit er dort weiterarbeiten kann. Es wäre nicht viel nötig. Ein großer Bildschirm für seinen Computer und die Unterstützung durch seinen Blindenhund."

Sharon schüttelte ungläubig den Kopf. Kein Wunder, dass der Mann so unwirsch war. Er war sich sicher, dass seine Behinderung in einem neuen Job ein Hindernis für ihn darstellen würde, genau wie in dem Unternehmen, in dem er jahrelang fleißig gearbeitet hatte. Tim Simmons könnte sein derzeitiges Unternehmen vor Gericht verklagen und es zwingen, sein Arbeitsumfeld gemäß den Bundesvorschriften für Behinderte zu ändern, aber er entschied sich, ein neues Unternehmen zu suchen. Sie war sich sicher, dass sein Engagement für seinen derzeitigen Arbeitgeber angesichts der Diskriminierung verpufft war.

„Noch ein Name, Alan. Haben Sie schon einmal von Barb Eagleton gehört?"

„Googlen Sie diesen Namen einmal. Dort werden Sie alles finden, was Sie wissen müssen."

„Danke, Alan. Ich werde in ein paar Tagen bei der Spedition vorbeischauen, wenn ich wieder festen Boden unter den Füßen habe", versprach Sharon.

„Das würde mich freuen", antwortete der Speditionsleiter.

Als das Telefon klickend auflegte, war Bill bereits an seinem Telefon und suchte nach Ms. Eagleton. Sharon wartete darauf, dass er ihr mitteilte, was er gefunden hatte. Alan hätte sie nicht in die Irre geführt.

„Barb Eagletons Verurteilung wegen Unterschlagung wurde wegen eines Formfehlers aufgehoben. Hier sind mehrere andere Decknamen aufgelistet und ein Foto", berichtete Bill und drehte das Telefon um, um ein wenig schmeichelhaftes Foto der polierten Frau zu zeigen, die sich mit dem Team unterhalten hatte. „Unser Screening-Team hätte das erkennen müssen."

„Wir müssen also eine Entscheidung treffen. Glauben Sie, dass wir uns jetzt schon entscheiden können oder müssen wir unsere Suche ausweiten?" fragte Sharon. Sie wusste, dass sie sich entschieden hatte, wollte aber, dass das Team ebenfalls zu diesem Schluss kam.

Das Team sah sie jetzt mit anderen Augen an. Vorbei waren die kaum verhüllten Blicke, die ihre Anwesenheit infrage stellten. Sie hatte sie davor bewahrt, einen Fehler zu machen.

„Tim Simmons hat meine Stimme", antwortete Bill. Die anderen schlossen sich seiner Wahl an.

„Tim hat auch meine Stimme. Ich werde ihn persönlich anrufen und ihm die Stelle anbieten", erklärte Sharon entschlossen.

„Wir haben das entsprechende Personal", erwiderte Bill schnell. Mit einem Nicken löste er sein Team auf. Er stand auf, bereit, mit seinem Tag fortzufahren.

Sharon blieb sitzen. „Edgewater Industries ändert sein Verfahren für die Einstellung von Führungskräften. Ich werde Tim Simmons heute Nachmittag anrufen."

„So machen wir das hier nicht", wehrte Bill ab.

„Jetzt, wo ich hier bin, schon. Easton hat mich nicht ohne Grund für diesen Posten ausgewählt. Sie können gern direkt mit ihm besprechen, welche Entscheidungsbefugnis er mir zugestehen will." Sharon zückte ihr Telefon und wählte Eastons Durchwahl.

Sofort nahm er den Hörer ab. „Sharon, gib mir eine Sekunde." Seine gedämpfte Stimme war zu hören, die sich für die Unterbrechung entschuldigte, bevor er wieder sprach. „Habt ihr unseren neuen Vertriebsleiter gefunden?"

„Haben wir. Ich möchte das Einstellungsverfahren für Mitarbeiter für die Schlüsselpositionen, die Sie sich vorstellen, anders abschließen."

„Easton, wir haben bereits einen sehr effizienten Einstellungsprozess. Wir brauchen Sharons Zeit nicht damit zu vergeuden, dies zu erledigen." Bill fügte sich nahtlos in das Gespräch ein.

Sharon widersprach nicht. Sie wartete auf die Antwort von Easton.

„Bill, Sharon hat die Leitung in dieser Sache. Teilen Sie ihr mit, was Sie normalerweise tun und sie wird es so abstimmen, dass es unseren Bedürfnissen mit den Fachkräften, bei denen sie behilflich ist, entspricht. Sie können gerne mit Piper einen Termin für ein Treffen mit mir in der nächsten Woche vereinbaren, wenn Sie das weiter besprechen wollen. Sharon hat meine volle Unterstützung und ich vertraue darauf, dass sie auch die Ihre hat", erklärte Easton und beendete damit die Diskussion.

„Sharon, wenn Sie Zeit haben, kommen Sie in mein Büro und bringen Sie mich auf den neuesten Stand", fügte Easton hinzu.

„Ich werde in ein paar Stunden dort sein. Ich werde mich mit den Mitarbeitern unterhalten, die den üblichen Einstellungsprozess koordinieren und dann meinen Anruf tätigen", antwortete sie, ohne sich eine Spur von Verärgerung über den Personaldirektor anmerken zu lassen.

Sharon beendete das Gespräch und stand auf. „Könnten Sie mir sagen, wo ich die Einstellungsleitung finde?"

„Natürlich." Er führte Sharon zum Schreibtisch einer Frau und stellte sie ihr vor, bevor er sich zu ihr beugte und unter vier Augen fragte: „Woher wussten Sie das?"

„Ich habe schon immer Dinge aufgeschnappt, die andere nicht wissen. Tim Simmons war sehr zurückhaltend. Ich wusste nicht, warum, aber irgendetwas stimmte nicht. Jetzt wissen wir es. Er wird eine Bereicherung für Edgewater Industries sein. Ich freue mich darauf, ihm den Job anzubieten."

„Sie werden mich auf den neuesten Stand bringen?", beharrte Bill.

„Ich werde gern Informationen mit Ihnen teilen, Bill. Ich denke, wir werden gut zusammenarbeiten", antwortete Sharon optimistisch, bevor sie sich an die Frau am Schreibtisch wandte.

Sharons Schultern entspannten sich wieder, als sie spürte, wie Bill wegging. Sie verstand es. Jeder hatte sein eigenes Stück vom Kuchen. Seine eigene Position und die Menge an Macht, die er durch harte Arbeit erworben hatte.

Bill kannte sie nicht. Es gefiel ihm nicht, dass sie herausgefunden hatte, dass sich hinter den oberflächlichen Informationen, die sein Team im Vorfeld gesammelt und in der Befragung herausbekommen hatte, Unerfahrenheit und wahrscheinlich Inkompetenz und Illegalität verbargen. Sharon hoffte, dass er sich dafür entscheiden würde, dass sie eher eine Bereicherung als eine Konkurrenz sein würde. Wenn er sich für Letzteres entscheiden würde, wollte sie besser nicht an den nächsten Schritt denken. Sharon wollte nicht, dass jemand seinen Job verlor, aber ihre Loyalität galt Edgewater Industries und Easton.

Zu ihrer Freude war die Zusammenarbeit mit der einstellenden Managerin phänomenal, und sie ging mit allen Unterlagen nach Hause, die sie brauchte, um den Wechsel von Tim Simmons auf die neue Stelle reibungslos zu gestalten. Auf dem Weg zurück in ihr Büro schwirrte Sharon der Kopf vor lauter Informationen. Sie schaute auf die Akten in ihren Händen, während sie den Flur hinunterlief.

Zack! Die Luft strömte aus ihren Lungen, als Sharon gegen einen unbeweglichen Gegenstand rannte.

„Ganz ruhig, Roni. Wenn es darum geht, wessen Anziehungskraft größer ist als die des anderen, wirst du nicht gewinnen", scherzte Knox, während seine Hände sich um ihre Schultern legten, um sie wieder in Balance zu bringen.

„Du bist wie ein Berg, gegen den man anrennen muss", platzte sie heraus.

„Auf jeden Fall. Sieht aus, als wärst du in Gedanken. Heute Abend Abendessen?"

Der Gedanke, nur für eine Person zu kochen, gefiel ihr nicht. „Ich würde gerne. Etwas Leichteres als diese Burger? Es könnte gefährlich sein, mit dir zu essen", scherzte sie und betrachtete seinen massigen Körper.

„Ich sorge dafür, dass es Essen für kleine Mädchen gibt", versicherte er ihr lächelnd. „Um sechs Uhr?"

„Perfekt. Danke, Knox."

„War mir ein Vergnügen. Mach dich schick. Wir werden feiern."

Er war weg, bevor sie antworten konnte. *Verdammt, dieser Mann ist zu leicht auf den Füßen.*

KAPITEL 6

ls Sharon die Tür öffnete, blieb ihr der Atem im Hals stecken.
Knox trug einen Anzug, der so perfekt geschneidert war, dass
sie nicht wissen wollte, wie viel er gekostet hatte und hielt einen
Strauß aus zartrosa Rosen in der Hand. Sie beugte sich vor, um den
berauschenden Duft zu genießen, während ihre Augen das atemberaubende Bild abtasteten, das sich ihr bot. Der muskulöse Mann, den
sie normalerweise in seinem Edgewater-Poloshirt und seinen Khaki-
hosen sah, war attraktiv. Jetzt, in einem maßgeschneiderten Anzug
mit allem Drum und Dran, war Knox umwerfend.

„Wow! Du hast dich aber schön herausgeputzt", zwang sie sich zu
sagen, bevor sie zu lange starrte.

„Danke, kleines Mädchen. Du siehst köstlich aus. Die sind für
dich", informierte Knox sie, als er ihr die langstieligen Blüten entgegenstreckte.

„Die sind wunderschön und sie duften himmlisch", lobte Sharon,
als sie den Strauß entgegennahm und sich näher heranlehnte, um
genüsslich zu schnuppern.

Als sie näherkam, mischte sich der süße Duft mit etwas anderem.
Sandelholz und Moschus hafteten an dem riesigen Mann vor ihr. Er
hatte Eau de Cologne aufgetragen und es passte perfekt zu ihm.

Unfähig zu widerstehen, legte sie eine Hand auf seine Schulter und stellte sich auf die Zehenspitzen, um ihm einen leichten Kuss auf die Lippen zu drücken. Sofort übernahm Knox die Kontrolle über den Kuss, umfasste ihren Hinterkopf und hielt sie fest, während er die Begrüßung intensivierte. Sharon liebte es, wie er schmeckte. Minzartig mit einer unterschwelligen Würze, die Knox' einzigartiges Aroma war. Sie konnte gar nicht genug davon bekommen.

Er schmeckt so anders als Roger.

Wie von einem Schwall kalten Wassers übergossen, fühlte Sharon sich plötzlich furchtbar. Sie sollte sich nicht zu einem anderen hingezogen fühlen. Sie ließ sich auf die Fersen fallen und trat einen Schritt von Knox zurück. Sofort schien er zu spüren, was den Moment unterbrochen hatte. Seine Hand glitt zu ihrer Schulter hinunter und drückte sie leicht.

„Es ist okay, Roni."

„Ich würde es hassen, wenn Roger so schnell mit einer anderen zugange wäre", flüsterte sie.

„Das ist nicht wahr", korrigierte er sie streng. „Du hast Roger geliebt und hättest gewollt, dass er glücklich ist und nicht traurig und einsam. Glaubst du, Roger hat dich weniger geliebt als du ihn?"

„Nein", flüsterte sie und drückte die Blumen an ihre Brust, während sie zu ihm aufblickte. Knox war nicht wütend. Sein schroffes Gesicht sah freundlich aus.

„Er wird immer ein Teil von dir sein – ein Stück deines Herzens haben, das niemand berühren kann. So sollte es auch sein."

„Das ist dir gegenüber nicht fair."

„Natürlich ist es das. Die Zeit, die du mit Roger verbracht hast, hat dich zu der Frau und dem kleinen Mädchen gemacht, die du heute bist."

„Ich weiß nicht, ob ich wieder Little sein kann, Knox. Es hat so weh getan, meinen Daddy zu verlieren", gestand sie.

„Wie würdest du die besten Dinge im Leben zu schätzen wissen, wenn du nichts hättest, womit du sie vergleichen könntest? Schmerz und Hochgefühl halten sich die Waage. Du wirst wieder eine Chance bekommen, wenn du bereit bist", versicherte er ihr.

Sie sah ihn an und konnte kaum glauben, dass sie an diesen Punkt gelangt war. Eine winzige Stimme in ihrem Hinterkopf wies sie darauf hin, dass es ihr bereits besser ging als nach Rogers Krankheit und Tod. Die Worte ihres ehemaligen Mannes aus dem Moment der Klarheit, bevor die Demenz den Kampf gewann, wiederholten sich in ihrem Kopf: *Sei nicht traurig, wenn ich nicht mehr da bin, Liebes. Keiner will so leben. Ich liebe dich, Sharon. Vergiss das nicht. Vergiss all das hier. Lebe ein wundervolles Leben.*

Ich liebe dich auch, Roger.

Er hatte Recht. Sie musste leben. Sharon sah zu Knox auf und versuchte es mit einem Lächeln.

„Danke, Knox. Ich schätze deine Freundschaft mehr, als du je wissen wirst. Lass mich die hier auf den Tisch stellen, dann bin ich startklar."

Als sie zu ihm zurückkehrte, musterten Knox' Augen ihr Outfit und verweilten auf ihren Kurven. Sharon war froh, dass sie sich für dieses Kleid entschieden hatte. Es war eines ihrer Lieblingsstücke. Es war angenehm zu tragen und lag weich auf ihrer Haut und der kupferfarbene Stoff des Kleides brachte die Strähnchen in ihrem Haar zur Geltung.

„Du siehst aus, als ob du Grund zum Feiern hättest. Lass uns essen gehen, dann kannst du mir von deinem ersten Tag als leitende Headhunterin erzählen", schlug Knox vor und deutete auf die Tür.

„Es war ziemlich spektakulär", gab sie zu, als sie zur Tür ging.

Knox führte sie mit einer Hand auf dem Rücken aus der Wohnung. Auf dem Weg zum Restaurant unterhielten sie sich über Edgewater Industries und wie schwer es gewesen war, Eastons Geheimnis für Sharons neuen Job zu bewahren.

„Als er mir beschrieb, was er mit dir vorhatte, wusste ich sofort, dass er den Nagel auf den Kopf getroffen hatte", sagte Knox, als er auf den vollen Parkplatz fuhr.

Die Aufschrift *Les Tresors de la Mer* zog sich über die gesamte Stirnseite des eleganten Restaurants. Sharon drehte sich um und sah Knox erstaunt an. „Woher wusstest du, dass das mein Lieblingsrestaurant ist?"

„Ich habe es mir gemerkt, als du es erwähnt hast."

„Ich war schon seit mindestens drei Jahren nicht mehr hier. Wie konntest du dir das so lange merken?"

67

„Gedächtnis eines Elefanten", antwortete Knox mit einem Lächeln und tippte sich an die Schläfe.

Das warme Gefühl, das so oft in ihr aufflammte, wenn sie Zeit mit Knox verbrachte, erwachte wieder in ihr. Sie starrte ihn ungläubig an. Er war so lange ihr Freund gewesen. Hatte sie all die Zeichen übersehen, dass er schon vor Jahren mehr gewollt hatte? Knox hätte sie als verheiratete Frau nie angerührt. So war er nicht. Wenn sie jetzt zurückblickte, konnte sie sich nicht erinnern, dass er mit jemandem zusammen gewesen war. Er war immer präsent gewesen, aber allein.

„Was auch immer dir durch den Kopf geht, lass es ruhen. Der heutige Abend ist eine Feier. Du wirst alle Höhepunkte des heutigen Tages mit mir teilen. Entscheidungen oder Wege, die andere eingeschlagen haben, liegen nicht in deiner Verantwortung", fügte Knox einfühlsam hinzu.

„Das war mir nicht bewusst."

„Das hättest du auch nicht wissen müssen. Jetzt lass uns nachsehen, ob sich die Speisekarte geändert hat oder ob dein Lieblingsgericht noch da ist", schlug er vor.

„Das Steak-Oscar würde man doch nicht streichen", protestierte sie.

Knox zwinkerte ihr zu und stieg aus dem Auto. Als er sah, wie sie nach dem Türgriff fasste, während er die Motorhaube umrundete, fixierte Knox' scharfer Blick sie auf der Stelle.

„Tut mir leid", flüsterte sie.

„Selbst erfahrene kleine Mädchen müssen manchmal daran erinnert werden, wie man sich benimmt", warnte Knox mit einem wissenden Blick.

Sie konnte seine Andeutung nicht missverstehen. Ihr Hintern kribbelte schon bei dem Gedanken, dass Knox' große Hand sie bestrafen würde. Sharon ließ ihre Finger zwischen die seinen gleiten und versprach: „Ich werde brav sein."

„Dann lass uns nachsehen, ob Oscar auf uns wartet."

Sharon hob ein Glas mit kristallklarem Wein an ihre Lippen und nahm einen Schluck. „Mmm. Der ist köstlich", lobte sie Knox.

„Er ist gut", stimmte er zu.

„Ich weiß, dass man zu Steak Rotwein trinken soll, aber davon bekomme ich immer Kopfschmerzen", gestand sie.

„Ich glaube nicht, dass die Weinpolizei heute Abend eine Razzia im Restaurant durchführen wird. Ich denke, wir sind sicher."

„Mmm", wiederholte sie und nahm einen weiteren Schluck, bevor sie das Weinglas auf den Tisch stellte.

„Und was war das Beste an diesem Tag?"

„Edgewater Industries davor zu bewahren, einen großen Einstellungsfehler zu machen."

„Oh? Erzähl mir, was passiert ist."

Sharon erzählte die Höhepunkte der Vorstellungsgespräche, wobei sie die Namen der einzelnen Personen ausließ. Es bestand keine Notwendigkeit, dass irgendjemand etwas hörte, was er in dem leisen Gemurmel der glücklichen Gäste nicht hören sollte.

„Meine Nachbesprechung mit dem neuesten Mitarbeiter unterschied sich stark von seinem Vorstellungsgespräch. Er hat definitiv nicht damit gerechnet, von mir zu hören. Ich finde es schrecklich, dass das Unternehmen, das er verlässt, ihn so schlecht behandelt hat, nachdem er jahrelang sein Bestes für sie gegeben hat."

„Es klingt, als hätte Easton einen loyalen Mitarbeiter mehr, der ihm hilft, sein Geschäft auszubauen."

„Ja. Es besteht kein Zweifel, dass Tim Edgewater Industries bei der Expansion helfen will. Wir brauchen einige Ressourcen, um ihm zu helfen. Ich habe ein paar Anrufe getätigt. Morgen kommen einige Vertreter von Unternehmen, die sich mit Unterstützungsdiensten für Menschen mit Sehbehinderungen beschäftigen, zu mir. Mein Ziel ist es, alles unter Dach und Fach zu haben, wenn Tim in zwei Wochen hier eintrifft."

„Ich werde dem Sicherheitsteam Bescheid geben. Möchtest du, dass sie in dein Büro geschickt werden?"

„Ja, bitte." Sharon blickte über den Tisch hinweg zu Knox. „Weißt du, was ich für das Beste halte?"

Als er den Kopf schüttelte, fuhr sie fort: „Wir haben eine unglaubliche Ressource für Edgewater Industries und er ist aus einer beschissenen Firma geflohen. Das ist eine echte Win-Win-Situation. Ich wünschte, du hättest den Unterschied im Tonfall seiner Stimme hören können, als wir uns unterhielten. Ich habe keinen Zweifel, dass er alles geben wird."

„Wie bist du darauf gekommen, dass er der Richtige ist?"

„Die Tatsache, dass er die Lieferung getestet hat. Das ist eine Investition, die kein anderer Bewerber getätigt hat. Er hat nicht nur gemutmaßt. Er hat es getestet. Das ist die Art von Person, die wir brauchen."

„Ich freue mich darauf, ihn kennenzulernen. Ich hatte gerade etwas in einem anderen Gebäude zu erledigen, als die Bewerber eintrafen."

„Ist etwas Schlimmes passiert?"

„Nichts Weltbewegendes", beruhigte Knox sie. „Schau, da kommt schon unser Essen."

Als der Kellner weg war, verschlang Sharon das Essen mit einem glücklichen Zappeln in ihrem Stuhl. Sie schnitt ein Stück von dem perfekt zubereiteten Steak ab und vergewisserte sich, dass sie die Krabbenmischung großzügig darauf verteilte, bevor sie es sich in den Mund schob. Ein tiefes Stöhnen dröhnte in ihrer Kehle, während sie kaute.

„Du bringst mich um, Roni", knurrte Knox. Sein Steak lag vernachlässigt auf seinem Teller, während er die Gabel mit einem Todesgriff festhielt.

Die Strenge seines Blicks veranlasste den Kellner, sofort zu ihnen zu kommen, bevor sie antworten konnte. „Stimmt etwas nicht mit Ihrem Essen, Sir?", fragte er, während er sich an die Seite des riesigen Mannes stellte.

„Es ist köstlich", sagte Knox mit einem bestimmten Ton, der den Kellner wegschickte. Sein Blick kehrte zu Sharon zurück, als ihr leises Kichern über den Tisch zu ihm herüberschwappte.

„Du hast definitiv eine kleine Göre in dir", bemerkte er, bevor er seine Hose subtil zurechtrückte.

Das erfreute Sharon nur noch mehr. „Es tut mir so leid. Der

Ausdruck in deinem Gesicht", sagte sie mit erstickter Stimme, während sie versuchte, das Lachen zu unterdrücken.

„Kichere nur, Roni. Der Tag der Abrechnung wird kommen", warnte er.

Sharon nahm einen Schluck Wein, um sich zu sammeln. Als sie Knox' Blick begegnete, verlor sie fast wieder ihre Fassung, bevor sie sich mit einem weiteren Bissen der schmackhaften Vorspeise ablenken konnte. Seit einem Jahr hatte sie eine Mahlzeit nicht mehr so genossen. Das machte sie fast traurig, aber sie konzentrierte sich auf ihren hübschen Begleiter.

„Iss, Knox. Es wird dir schmecken", schwärmte sie und winkte mit der Hand in Richtung seines Tellers.

Knox' anerkennendes Stöhnen, während er kaute, löste auch in ihr etwas aus. Sharon versuchte, ihre Reaktion in der Öffentlichkeit zu verbergen und scherzte: „Ich habe es dir ja gesagt."

„Nun, jetzt ist es auch mein Lieblingsrestaurant", antwortete er.

„Noch ein Konvertit des Les Tresors", verkündete der Kellner fröhlich, als er neben Knox' Ellenbogen erschien. „Warten Sie nur bis zum Dessert."

„Das könnte meine letzte Mahlzeit sein", bedauerte Knox gutmütig.

Den Rest des Essens unterhielten sie sich in lockerer Atmosphäre. Sharon fand Knox faszinierend. Er prahlte nie mit seinem Leben, aber sie sammelte alle möglichen Informationen über berühmte Leute, für die er Sicherheitsanlagen entworfen oder die er persönlich bewacht hatte, bevor er zu Edgewater Industries kam.

Er war ein phänomenaler Gesprächspartner, der ihr wahllos Fragen stellte, die sie zum Nachdenken anregten und bei denen sie auf völlig unaufdringliche Weise viel über sich selbst erzählte. Es war offensichtlich, dass er sie besser kennen lernen wollte.

Als er viel später an ihrer Wohnungstür stand, vollgestopft mit Steak Oscar und Mousse au Chocolat, schlang Knox seine Arme um sie und kostete sie, als wäre sie das köstlichste Gericht des Abends. Sharon spürte, wie sich sein harter Schaft gegen sie presste. Sie genoss die sexuelle Anziehungskraft, die sich zwischen ihnen aufbaute.

„Willst du reinkommen?", lud sie ihn zögernd ein.

„Bald, Kleines", versprach er und drückte ihr einen letzten knisternden Kuss auf die Lippen, bevor er sich entfernte.

Sharon konnte nicht widerstehen, ihm zuzusehen, wie er den Flur hinunterging und ihre Gedanken kämpften zwischen ihrer Leidenschaft, einen Mann im Anzug zu sehen und ihrem Verlangen, seinen Hintern zu beobachten, während er davonschritt. Sie errötete nicht einmal, als er sich umdrehte, bevor er um die Ecke bog und zu ihr zurückblickte. Seine hochgezogene Augenbraue verriet ihr, dass Knox genau wusste, wie sie ihn begutachtete.

KAPITEL 7

Am Freitag war Sharon völlig ausgelaugt. Sie winkte Debbie zum Abschied, als ihre Assistentin das Büro verließ, um sich um ihre sechsjährigen Zwillinge zu kümmern. Das Lächeln auf dem Gesicht der hübschen Frau verriet ihr, dass sie sich genauso auf ihr Wochenende freute wie Sharon.

Sharon beschloss, länger zu arbeiten, um den Rückstand aufzuholen, anstatt Dinge mit nach Hause zu nehmen. Sie öffnete eine neue Datei auf ihrem Computer und machte sich an die Arbeit. Völlig die Zeit vergessend, konzentrierte sie sich auf die Informationen auf ihrem Bildschirm, bis ein lautes Krachen im Flur sie aufrüttelte. Mit einem Blick auf die Uhr stand Sharon auf und streckte sich.

„Ich muss hier raus", sagte sie laut in den leeren Raum. „Noch kurz zur Toilette, bevor ich gehe."

Unfähig, sich wieder zu setzen, schaltete Sharon ihren Computer aus und griff nach ihrer Handtasche in der unteren Schublade. Das laute Geräusch ertönte wieder auf dem Flur. Diesmal stellten sich die feinen Härchen in ihrem Nacken auf. Was war das?

Als sie aus ihrem Büro schaute, sah sie eine massige Gestalt, die sich durch den schwach beleuchteten Flur an ihrer Tür vorbeischob. Sie bewegte sich, als ob sie sich methodisch an etwas heranpirschen würde. Was war das? Wer war das?

Sharon hob einen schweren Briefbeschwerer von Debbies Schreibtisch auf und stieß die Tür auf. Sie schlich sich aus ihrem Büro und ging so leise, wie es ihre Absätze zuließen zur Tür.

Sharon huschte an einem umgestoßenen Mülleimer vorbei, der in der Mitte des Flurs stand. Der sollte dort nicht liegen. Hatte ihn jemand umgestoßen? Als sie um die Ecke bog, schrie Sharon auf und hob den Briefbeschwerer über ihren Kopf, als sie mit einem warmen Körper zusammenstieß.

„Wow, Kleines! Es ist alles in Ordnung. Hat dich etwas erschreckt?"

„Es gab zweimal ein riesiges Krachen und dann ist etwas Großes an meiner Tür vorbeigeflogen." Sie kroch unter seinen Arm, um sich hinter seiner Masse zu verstecken. „Wir sollten von hier verschwinden", flüsterte sie.

„Ich muss mich um den Alarm für den Roboter kümmern. Dann bringe ich dich in deine Wohnung", antwortete Knox.

„Roboter?", wiederholte Sharon mit zittriger Stimme, während sie hinter sich schaute, um sicherzugehen, dass sich nichts anschlich.

„Ich habe ein robotergesteuertes Liefersystem installiert, das nach Feierabend läuft. Es transportiert die gesamte Post zwischen den Abteilungen und alles, was recycelt werden muss. Komm mit mir. Ich zeige es dir."

Knox legte ihr tröstend den Arm um die Schulter und führte Sharon den Flur entlang. Als ein weiterer lauter Knall ertönte, sprang Sharon auf und rückte etwas näher an seinen Körper heran. „Der Alarm sagte mir, dass sich etwas in den Laufbahnen des Roboters verfangen hat. Das ist wahrscheinlich das, was ihn aus der programmierten Bahn bringt."

Sie bogen um eine Ecke und sahen ein rechteckiges Gerät an der Seite des Flurs. Sharon entspannte sich beim Anblick des harmlosen übergroßen Teewagens mit den gefüllten Regalen und lächelte. In ihrer Vorstellung hatte sie sich einen menschenähnlichen Roboter mit leuchtenden Augen und Zangenarmen vorgestellt. Das hier sah definitiv nicht aus wie eine Szene aus einem Science-Fiction-Horrorfilm.

Als sie die Schienen betrachtete, auf denen der Wagen rollte, begann sie zu lachen. Ein langer Strang Toilettenpapier floss hinter ihm her.

„Sieht so aus, als hätte er einen Zwischenstopp im Klo eingelegt", kicherte sie die Worte heraus.

„Verdammte Techniker. Die haben zu viel Spaß mit diesem Ding." Er knipste ein Bild, bevor er ihren strahlenden Blick erwiderte.

„Das ist schon der vierte Streich, den sie mir damit gespielt haben. Mein Favorit war das Disco-Outfit", gab er zu, als er sich ihrem Lachen anschloss.

„Hast du ein Foto? Ich will es sehen!" Sharon rückte näher, um auf seinen Bildschirm zu schauen.

„Ja, habe ich."

Knox blätterte an mehreren Fotos vorbei und landete bei einem Video des Roboters, dessen psychedelisches Outfit um die Regalstützen drapiert war, mit einer regenbogenfarbenen Lockenperücke auf der Vorderseite und aufgeklebten Augen. Eine Discokugel baumelte an seiner Rückseite.

Knox klickte das Video an und ein vertrautes Lied ertönte, das den letzten Tanz des Abends ankündigte. „Der ist mit seiner Discokugel in den Schiebetüren des Fahrstuhls stecken geblieben." Er stellte pantomimisch dar, wie der Roboter immer wieder versuchte, aus dem Aufzug zu kommen.

Sharon hatte Mühe zu atmen, als sie seine Possen in Kombination mit dem Video genoss. „Hör auf, Knox!", flehte sie. Das verzweifelte Bedürfnis, auf die Toilette zu gehen, meldete sich in ihrem Gehirn zurück.

Er zwinkerte ihr nur zu. „Geh auf die Toilette", riet er ihr. „Ich kümmere mich hier um die Dinge."

Sie beobachtete, wie er sich hinunterbeugte, um dem Roboter das zusammengeknüllte Papier zu entreißen, bevor sie zum nächsten WC eilte. Bevor sie hineinging, sah Sharon, wie er den Roboter zurück in die Mitte des Flurs führte. Der Roboter ging ungehindert seiner Arbeit nach und war offensichtlich erleichtert, dass er nicht länger eine solche Peinlichkeit hinter sich herschleppte.

„Werden die bei der Technik in Schwierigkeiten geraten, wenn du mit ihnen sprichst?", fragte Sharon besorgt, als sie zu Knox zurück-kehrte, der nun geduldig an der Wand lehnte und auf sie wartete.

„Offiziell weiß ich nicht, wer diesen Streich ausgeheckt hat. Ich werde sie jedoch damit beauftragen, sich stundenlanges Überwa-chungsmaterial anzusehen, um herauszufinden, wie es passiert ist. Außerdem müssen sie sich eine Lösung einfallen lassen, um sicherzu-stellen, dass nichts mehr die Gleise verstopfen kann. Bald wird der Roboter nicht mehr ganz so neu sein und die Techniker werden sich etwas anderes zum Herumalbern suchen. In der Zwischenzeit werde ich ein wenig den Idioten mit der Taschenlampe spielen müssen."

„Du verstehst sie gut", bemerkte sie, als sie den Flur entlanggingen.

„Das ist mein Job. Wenn ich die Motivation der Leute verstehe, kann ich Probleme verhindern", antwortete er schlicht.

„Versteht dich irgendjemand?", platzte sie heraus und wünschte sich dann, sie hätte nichts gesagt.

„Die Menschen sind sehr mit ihrem eigenen Leben beschäftigt, Sharon. Um jemanden vollständig zu verstehen, braucht man Zeit und Beharrlichkeit."

Knox öffnete die Außentür und führte Sharon hinaus. „Was machst du zum Abendessen, Kleine?"

„Ich werde wahrscheinlich das Abendessen ausfallen lassen und nur ein bisschen fernsehen", gestand sie. Es war schon so spät, dass es nicht mehr notwendig schien, etwas zu essen.

„Das wird nicht passieren. Ich komme und mache dir ein paar Rühreier oder etwas anderes Leichtes."

Aus irgendeinem Grund ärgerte sie seine platte Ablehnung, das zuzulassen. „Du bist nicht für mich verantwortlich, Knox. Ich muss nicht tun, was du sagst."

„Du bewegst dich auf dünnem Eis, Sharon. Willst du wirklich wegen Rührei den Aufstand proben?"

„Ja. Ja, das werde ich", protestierte sie.

„Vergiss nicht, du hattest eine Wahl."

Knox ging weiter neben ihr her, während sie wütend wurde und ihre eigene Reaktion nicht wirklich verstand. Als sie die Tür zu Gebäude B erreichten, versicherte Sharon ihm: „Ich kann allein zu meiner Wohnung gehen. Danke."

„Gern geschehen", antwortete er höflich und öffnete ihr die Tür.

In der Lobby tummelten sich ein paar Leute, die zusammen abhingen, so wie es nach der Arbeit üblich war. Sharon grüßte die überwiegend aus Littles bestehende Gruppe, als sie eintrat.

Als er ihr folgte, wirbelte sie herum und zischte leise: „Hau ab, Knox. Ich bin jetzt nicht in der Stimmung, mich mit dir zu befassen."

„Das ist schade", antwortete er und nahm ihre Hand, um Sharon zu den Aufzügen zu führen.

Sie versuchte, ihre Hand unauffällig aus seiner zu ziehen, aber Knox ließ sie nicht los. Sie schritt zum Aufzug und wartete darauf, mit ihm unter vier Augen drinnen zu sein, um ihm ihre Meinung zu sagen.

„Hey!", grüßte Alan die zwei am Aufzug, als er ebenfalls einstieg.

„Hey!" Sharon versuchte, freudig zu wirken. Ihr Tonfall war ein wenig flach.

„Stimmt etwas nicht? Ich kann den nächsten Fahrstuhl nehmen", versicherte Alan, als sich die Türen öffneten.

„Natürlich nicht, Alan", sagte Sharon, während sie schnell nachdachte. „Ich wollte sowieso mit Ihnen reden. Was denken Sie, was wir in der Wartungsabteilung für Personal brauchen?"

„Das ist eine schwierige Frage. Es gibt viele Vorgesetzte und nicht viele Arbeiter, um ehrlich zu sein. Wir brauchen auch einige Spezialisten, beziehungsweise sollten wir Vereinbarungen mit einem Unternehmen treffen, das bestimmte Aufgaben übernehmen kann."

„Was für Spezialisten?", fragte Sharon, als sich die Türen zu Alans Stockwerk öffneten. Knox hielt ihm die Tür mit einer großen Hand auf.

„Leute wie Arboristen, Umweltspezialisten und Mechaniker mit speziellen Fähigkeiten, um nur ein paar zu nennen", sagte Alan und war sichtlich konzentriert.

„Würden Sie mit ein paar Leuten mit verschiedenen Fachgebieten sprechen, von denen Sie viel halten? Machen Sie mir eine erste Liste der Fachgebiete, die uns jetzt fehlen", fragte Sharon und beugte sich zu Alan vor.

„Das kann ich machen. Es wird aber einige Zeit in Anspruch nehmen", warnte er.

„Ich habe sowieso gerade sehr viel zu tun. Würden Ihnen drei Wochen reichen?", fragte sie, als der Summer ertönte, der darauf hinwies, dass die Tür zu lange offen gestanden hatte.

„Perfekt."

„Ich werde über Ihren Vorgesetzten einen Termin vereinbaren", sagte Sharon schnell.

„Ich werde in meiner Mittagspause vorbeikommen. Mein Vorgesetzter wird sonst annehmen, dass ich gegen ihn arbeite", bat Alan. "Geben Sie mir einen Termin und ich werde da sein."

Knox gab die Tür frei und Sharon winkte zustimmend ab. Es gefiel ihr nicht, dass Alans Vorgesetzter glauben könnte, dass er gegen ihn arbeiten würde, wenn er mit ihr sprach. Was war in der Wartung los?

Sie begegnete Knox' Blick. „Da ist etwas faul."

Er nickte wissend. „Ich werde meine Ohren spitzen."

„Danke", antwortete sie, als sich die Türen auf ihrer Etage öffneten und Sharon daran erinnert wurde, dass sie stinksauer auf Knox war. „Geh nach Hause, Knox."

„Das werde ich", sagte er und folgte ihr aus dem Aufzug.

„Ich mache keine Witze, Knox. Hau ab."

„Kommt nicht in Frage. Du musst etwas essen. Ich wette, du hast an deinem Schreibtisch zu Mittag gegessen, wahrscheinlich eine Art Riegel, hoffentlich keine Süßigkeiten", vermutete er.

Sharon versuchte, ihr Gesicht einen gleichgültigen Ausdruck annehmen zu lassen, aber sie wusste, dass sie kläglich scheiterte und sich ihre Schuldgefühle anmerken ließ. „Es war nicht wirklich ein Schokoriegel. Es war zwar Schokolade drin, aber es war eher ein Müsliriegel."

„Das ist nicht gut genug. Du brauchst etwas Richtiges zu essen", sagte er und wartete, als sie ihre Hand gegen die Scheibe drückte, um ihre Tür zu öffnen.

„Wirklich, ich bin nicht ..." Ihr Magen knurrte laut und machte ihr einen Strich durch die Rechnung.

„Hungrig?"

„Okay, ich habe also Hunger. Popcorn geht schnell und ist einfach. Es wird mich satt machen."

„Popcorn kann nahrhaft sein, aber nicht, wenn man schon eine

Mahlzeit verpasst hat. Bis du dich umgezogen hast, habe ich etwas für dich gekocht", versicherte er ihr.

„Um Himmels willen, Knox. Ich gebe auf." Sharon hielt die Tür auf und winkte ihn hinein. Ohne ein weiteres Wort ging sie ins Schlafzimmer, schloss die Tür und verriegelte sie. Sie vertraute darauf, dass Knox nicht in ihre Privatsphäre eindringen würde, aber sie wollte ihm die Botschaft übermitteln, dass er nur da war, weil sie es erlaubte.

Das Klappern von Pfannen kam aus der Küche, als sie ihre Schuhe auszog. Ihr Magen knurrte wieder. Popcorn hätte sie nicht satt gemacht. Sharon hätte davon eine große mit Butter überzogene Schüssel gegessen, bevor sie den Kühlschrank nach etwas anderem geplündert hätte. Sie musste eine Rolle mit gefrorenem Keksteig besorgen. Er war auch dann lecker, wenn man ihn roh aß, als einfache süße Lösung.

Sharon rollte mit den Augen, als sie sich auszog und wusste, dass Knox sie vor einem Kaloriendefizit bewahrt hatte. Sie zog ihre schäbigste Jogginghose und ihr Schlaf-T-Shirt aus der Kommode. Wenn er darauf bestand, dabei zu sein, würde er sie in unattraktiver Kleidung ertragen müssen. Sharon schlüpfte in ihre Häschenpantoffeln und öffnete die Tür.

Ein köstlicher Geruch wehte ihr entgegen. Brutzelgeräusche kamen aus der Küche. Sharon lief das Wasser im Mund zusammen. Als sie das Wohnzimmer betrat, hielt sie inne und stützte sich mit einer Hand an der Türöffnung ab. Knox stand mit dem nackten Rücken zu ihr. Ihr Blick wanderte über die Muskeln seiner breiten Schultern und seines Oberkörpers. Sie hatte noch nie einen Mann gesehen, der so gut gebaut war wie Knox. Er war geballte Kraft in einer attraktiven Verpackung.

Ein leiser Laut entwich ihren Lippen und Knox drehte sich um. Von vorne sah er noch besser aus als von hinten. Sharon schritt automatisch vorwärts. Sie blieb wenige Zentimeter vor ihm stehen und zwang ihren Blick sich von seiner durchtrainierten Brust zu heben.

„Der Speck sprang mir förmlich entgegen. Ich kann mein Hemd wieder anziehen", bot er an.

„Nein!" Ihr Gesicht wurde heiß und Sharon wusste, dass sie errötete. „Ich meine, ich will nicht, dass du Fett auf deine Kleidung bekommst. Was kann ich tun?", bot sie an, um das Thema zu wechseln.

„Setz dich an den Tresen und trink deinen Saft", wies Knox sie an, während er sich wieder dem Herd zuwandte, um die brutzelnden Streifen zu wenden.

„Das ist viel mehr als Rührei", protestierte sie.

„Ich habe beschlossen, dass ich auch hungrig bin. Es macht dir doch nichts aus, mich zu füttern, oder?"

„Natürlich nicht", versicherte sie ihm, während sie an dem köstlichen Saft nippte. Er schmeckte so gut.

„Danke." Knox schlug die Eier in der Schüssel auf und schüttete sie in die Pfanne. Er bewegte sich effizient, als ob er viel Zeit in der Küche verbracht hätte.

„Kochst du oft?", erkundigte sie sich.

„Ich bin ein großer Junge. Ich verpasse nicht viele Mahlzeiten", lachte er und klopfte sich auf den gemeißelten Unterleib.

„Du hast eine unglaubliche Figur, Knox."

„Danke. Ich treibe gern Sport. So bin ich in den Sicherheitsdienst gekommen", erklärte er, während er mit dem Spatel durch die Eier fuhr und den knusprigen Speck auf saugfähige Papiertücher gab.

„Kann ich ein Stück haben?"

„Einen Augenblick. Der Speck ist noch zu heiß. Ich will nicht, dass du dir den Mund verbrennst", antwortete er.

Schnaubend, weil ihr diese Antwort nicht gefiel, verschränkte Sharon die Arme vor der Brust und lehnte sich zurück.

„Du bist erschöpft, meine Kleine. Easton wird nicht wollen, dass du so hart arbeitest."

„Es wird schon besser werden. Es gibt jetzt viel vorzubereiten", erklärte Sharon und entspannte sich ein wenig. „Wie bist du in den Sicherheitsdienst gekommen?"

„Ich besuchte die staatliche Universität mit einem Vollstipendium. Damit konnte ich alles bezahlen, nur das Bier nicht, also habe ich an den Wochenenden als Türsteher in den Bars gearbeitet."

„Warst du überhaupt einundzwanzig, so dass du offiziell trinken durftest?", fragte sie und beobachtete ihn, wie er Teller aus dem Schrank holte und sie befüllte. Er konnte in ihrer Küche besser arbeiten als sie selbst. Ihm dabei zuzusehen, war besser als jede Fernsehsendung, die sie je gesehen hatte.

„Nein. Ich habe mit achtzehn angefangen. Ich habe schnell beschlossen, dass es keine gute Idee ist, so viel zu trinken wie die Leute, mit denen ich zu tun hatte. Außerdem hat es meine Arbeit beeinträchtigt."

„Du trinkst also nicht?"

„Selten. Ich trinke gerne ein Glas Wein zum Feiern oder im Sommer ein kaltes Bier nach dem Rasenmähen", teilte er mit und brachte die Teller in den Essensbereich.

„Der Speck ist jetzt ungefährlich."

Sofort griff sie nach einem knusprigen Stück und nahm einen Bissen. „Lecker!"

Knox ließ sich auf dem Hocker neben ihr nieder. Sofort fühlte sich der Platz am Tresen klein und intim an. Er nahm so viel Platz ein. Sein praller Bizeps streifte ihren Arm, als er nach seinem Saftglas griff, um einen großen Schluck zu nehmen.

„Ich kann das nicht alles essen, Knox."

„Iss, was du willst. Wie bist du dazu gekommen, Verwaltungsassistentin zu werden?", fragte er, bevor er einen großen Bissen von den luftigen Rühreiern nahm.

„Ich wusste nicht, was ich nach der Highschool werden wollte. Ich hatte gute Noten in den Fächern Textverarbeitung und Wirtschaft, also überredeten mich meine Eltern, mich an einer Fachhochschule einzuschreiben, um diese Fähigkeiten zu verbessern. Wie sich herausstellte, hatten sie damit wieder einmal recht gehabt."

„Klingt, als wärst du klug gewesen, auf den Rat eines anderen zu hören", kommentierte er vielsagend.

Sharon nickte, während sie sich einen weiteren köstlichen Bissen in den Mund steckte. Erst als sie kaute, merkte sie, dass er sich auf seinen Rat bezog, sie bräuchte ein gehaltvolleres Abendessen. Sie blickte auf und schluckte zu schnell hinunter. Ihre Augen füllten sich mit Tränen, als sie daran würgte.

Er trat sofort in Aktion und rieb ihr den Rücken, um sie zu beruhigen. Knox sprach ruhig und beruhigte die Panik, die sich in ihr aufbaute. „Kannst du atmen, Roni?"

Als sie nickte, entspannten sich seine Schultern. „Dir geht es gut, Baby. Mach einfach langsam und nimm kleinere Bissen. Kaue, was du im Mund hast und dann holen wir dir etwas zu trinken."

Mit einem festen Plan, der sie vor Panik bewahren sollte, konnte Sharon endlich schlucken. Sie nahm einen großen Schluck Saft und hustete.

„Langsam, Roni. Nimm einen kleinen Schluck", ermahnte er sie.

Ängstlich versuchte sie es erneut und atmete erleichtert auf, als sie nicht weiter nach Atem ringen musste. Sie wischte sich über die Augen und sah Knox an. „Danke. Das war beängstigend."

Der riesige Mann antwortete nicht. Er schob nur seinen Stuhl zurück und zog sie zwischen seine gespreizten Schenkel, um seine Arme um sie zu schlingen. „Kleines Mädchen, du hast mir gerade ein paar Jahre meines Lebens genommen."

Sharon schmolz an seiner breiten Brust dahin. Sie schloss die Augen und saugte seine ruhige Stärke in sich auf. „Es tut mir auch leid, dass ich dir Angst gemacht habe."

Knox sagte nichts, sondern streichelte nur ihren Rücken, um sie zu beruhigen.

„Ich glaube, ich bin fertig."

„Lass mich dir helfen." Knox zog seinen vollen Teller heran und gab ihr eine kleine Portion, die er ihr an die Lippen hielt. „Ich bin nicht ansteckend. Ich habe nach meiner letzten Begegnung Tests machen lassen, um sicherzugehen."

Überrascht von seinen Worten öffnete sie ihren Mund und ließ sich von ihm füttern. Als sie eine Frage stellen wollte, hielt er sie auf.

„Kauen. Dann reden." Knox nahm selbst einen viel größeren Bissen.

Nachdem sie geschluckt hatte, fragte Sharon: „Du hattest eine Freundin? Ich kann mich nicht erinnern, dich jemals mit jemandem gesehen zu haben."

„Das ist schon ein paar Jahre her."

„Also bevor du zu Edgewater Industries gekommen bist?"

„Ja."

Sie starrte ihn fassungslos an. „Das ist sechs Jahre her, Knox."

„Ja, das kommt hin."

„Du warst seit sechs Jahren mit niemandem mehr zusammen?"

„Nein. Ich bin sehr anspruchsvoll, wenn es darum geht, mit wem ich schlafe. Als meine Kleine beschloss, dass sie etwas anderes brauchte als unsere Beziehung, entschied ich mich zu warten, bis ich die Person gefunden hatte, die ich in meinem Leben brauchte. Da ich wusste, dass ich sie nicht haben konnte, habe ich gewartet", antwortete Knox, während er ihr einen weiteren kleinen Bissen hinhielt.

Als er ihn an ihre Lippen hob, schob Sharon ihn weg. Sie starrte ihn erstaunt an. „Du redest doch nicht etwa von mir, oder?"

„Doch."

„Aber ich war glücklich verheiratet und hatte einen Daddy. Du hättest für immer allein sein können."

„Für immer allein zu sein ist besser, als mit der falschen Person zusammen zu sein", antwortete er sanft und hob die Gabel wieder an ihre Lippen.

„Knox. Ich weiß nicht, was ich sagen soll."

„Iss, Roni. Es gibt nichts, was du mir sagen müsstest. Das war meine Entscheidung. Nicht deine. Hätte Roger ein langes, erfülltes Leben gelebt, hätte ich eine schwere Entscheidung treffen müssen. Du hättest nie erfahren, dass ich wusste, dass du mir gehörst."

Sharon wischte die Gabel noch einmal weg. Diesmal drückte sie impulsiv einen Kuss auf Knox' Lippen. Sofort erwiderte er ihn. Hitze flammte zwischen ihnen auf, als Knox die Kontrolle über die leichte Berührung übernahm und sie zu einem heißen Austausch machte.

Als er ihre Lippen freigab, lehnte sich Sharon atemlos zurück. „Wow."

„Warte nur", antwortete er mit einer Selbstsicherheit, die sie nicht in Frage stellen konnte.

Sharon hatte keinen Zweifel daran, dass er sie im Bett aus den Socken hauen würde. Sie drückte ihre Beine zusammen und spürte, wie sie bei diesem Gedanken feucht wurde. Auch für sie war es eine lange Zeit gewesen. Roger hatte Sharon gezeigt, was für ein sinnliches Geschöpf sie war. Sie verstand sofort.

„Es ist nur mit der richtigen Person so gut, nicht wahr?"

„Sechs Jahre sind eine Kleinigkeit, wenn es darum geht, auf dich zu warten, Roni. Iss."

Dieses Mal erlaubte Sharon ihm, sie zu füttern. Sie sah ihm zu, wie er ebenfalls einen Bissen nahm. Ihr Magen machte Luftsprünge, als sie schluckte. Um sich abzulenken, schnappte sie sich ein Stück Speck von seinem Teller und knabberte an dem knusprigen Fleisch.

„Oh, und Roni, wenn du dich noch einmal weigerst, auf dich selbst aufzupassen oder dich von mir pflegen zu lassen, wirst du mehrere Tage lang nicht sitzen können." Knox tätschelte ihren runden Hintern, der auf dem Hocker zwischen seinen Beinen saß.

Als Sharon sein Gesicht betrachtete, wusste sie, dass dies ein Versprechen und keine Drohung war. Sie nickte verständnisvoll und hielt ihm ihren Speckstreifen als Friedensangebot an die noch feuchten Lippen. Knox verschlang den Leckerbissen und knabberte an ihren Fingern.

KAPITEL 8

Sharon wachte am Samstagmorgen davon auf, dass ihr Telefon auf dem Nachttisch klingelte. Mühsam befreite sie sich von der Decke, die sich über ihr aufgetürmt hatte und schaffte es schließlich, eine Hand zu befreien und den Hörer abzunehmen.

„Hallo?"

„Zehn Minuten, Kleines."

„Zehn Minuten bis was? Ich bin noch im Bett. Es ist Samstag", protestierte sie schläfrig, als sie sich umdrehte, um auf die Uhr zu sehen.

„Jetzt sind es nur noch neun Minuten. Shorts, Flip-Flops und dein Badeanzug."

„Wo soll ich denn hin?"

„Raus mit mir. Du wirst es genießen. Hast du heute irgendetwas vor?"

„Nein, eigentlich nicht." Sharon ließ ihre Stimme abdriften. Sie hatte sich vorgenommen, zu ihrem Haus zu fahren und das schöne Leben am Wasser zu genießen.

„Perfekt. Acht Minuten." Das Telefon verstummte. Sharon sah es nur erstaunt an. Es vergingen Sekunden, bevor sie aus dem Bett sprang. Knox hatte keinen Scherz gemacht. Sie sollte besser bereit sein. Sie rannte ins Bad, wusch sich das Gesicht, bändigte ihr Haar und ging auf die Toilette, bevor sie in einer Schublade nach dem Tankini kramte, von dem sie eigentlich nicht gedacht hatte ihn zu brauchen, den sie aber für alle Fälle mitgenommen hatte. Shorts, ein T-Shirt und Sandalen vervollständigten ihr Outfit.

Er hatte sie zum Abschied geküsst, nachdem er gestern Abend das ganze Geschirr gespült hatte. Mit der Anweisung, zu duschen und ins Bett zu springen, war Knox zur Tür gegangen, um ihr einen letzten heißen Kuss zu geben. Sie hatte ihn bitten wollen zu bleiben, aber sein Tonfall war unnachgiebig gewesen. Sie war erschöpft und brauchte Schlaf.

Als sie zurück ins Bad lief, um sich zu schminken, läutete es an der Tür. Hin- und hergerissen zwischen dem Wunsch, für ihn gut auszusehen und dem Wunsch, die Tür zu öffnen, hielt sie im Flur inne. Das Telefon in ihrer Gesäßtasche klingelte.

„Hallo?"

„Du musst dir nichts ins Gesicht schmieren. Komm, mach die Tür auf."

Genervt stapfte Sharon zur Haustür. „Hast du Kameras in meiner Wohnung installiert?"

„Nein, Roni. Die brauche ich nicht. Bist du so weit?"

„Nein", antwortete sie und drehte sich um, um zurück ins Bad zu gehen.

Knox ergriff ihre Hand und drehte sie mit einer einzigen Drehbewegung zurück, damit sie ihn ansah. „Du siehst wunderschön aus, ohne die ganzen Chemikalien auf deiner Haut. Glaubst du mir das?"

„Ich glaube dir, aber ich will nicht, dass jeder sieht, dass ich rote Flecken im Gesicht habe. Lass mich nur etwas getönte Tagescreme auftragen", sagte sie und versuchte, sich von ihm zu lösen.

„Mit der Sonnencreme wird sie einfach verschwinden. Findest du, dass ich fleckig aussehe? Ich trage ganz bestimmt keine Tagescreme", versicherte er ihr mit einem Grinsen.

Unfähig, sich zurückzuhalten, studierte Sharon sein schroffes Gesicht. Sie hatte ihn immer für gutaussehend gehalten. In den letzten Tagen hatte sie ihn noch besser kennengelernt als in den sechs

Jahren, in denen sie sich in Eastons Büro begegnet waren. Irgendwie war er sogar noch attraktiver geworden.

Ohne nachzudenken, drückte Sharon eine Hand an seine Wange, während sie sich gegen seine Brust stemmte und sich auf die Zehenspitzen erhob, um ihm einen Kuss auf die Lippen zu drücken. Sofort legte sich sein Arm um sie und drückte Sharon an seinen harten Körper. Sie konnte seine Reaktion auf ihre Nähe spüren. Sein Schwanz begann sich an ihr zu verhärten.

Ein Bild vom Sex mit Knox drängte sich in ihren Kopf. Plötzlich wollte sie nur noch spüren, wie seine Hände ihren Körper streichelten, während er sie ausfüllte. „Knox, bitte. Kannst du aufhören, mich zu reizen? Ich glaube, ich halte es nicht mehr aus."

Knox trat mit dem Fuß gegen die immer noch offene Tür. Nachdem er sie geschlossen und verriegelt hatte, drehte er sich zu Sharon um. Sein Blick erfasste den ihren. „Bist du sicher, Roni? Wir können nicht so tun, als wäre es nicht passiert, nachdem ich mit dir geschlafen habe. Bist du bereit, diesen Schritt zu tun?"

Unfähig zu sprechen, nickte Sharon. Sie trat dicht an Knox heran und zog ihm den vorderen Teil seines T-Shirts aus der Hose. „Ich brauche dich, Knox."

„Nicht als Ersatz für Roger?", fragte er unverblümt.

„Nein. Ich habe Roger geliebt, aber ich weiß, dass er nicht mehr da ist. Ich will dich nicht nur als Ersatz. Du bist ganz anders. Ich will nur dich. Ich will nur Sie.", sagte sie ihm und hoffte, dass ihre Aufrichtigkeit in ihren Augen durchschimmerte, als sie seinen Blick hielt.

Sie sah, wie seine Unentschlossenheit im Nu verschwand. Sharon zog sein T-Shirt höher, ihr Bedürfnis, ihn zu berühren, wurde immer größer. Mit einer spektakulären Demonstration kraftvoller Armmuskeln griff Knox über seine Schulter und zog den Stoff herunter, so dass sein muskulöser Oberkörper für ihre Erkundung frei lag. Sofort strich sie mit ihren Fingern über seinen wohlgeformten Körper.

„Bett. Ich werde nicht auf dem Boden mit dir schlafen, wenn wir das erste Mal Sex haben. Deine Kleider bleiben an, bis wir dort sind", knurrte Knox, während er sich vorbeugte, um sie in seine Arme zu nehmen.

„Der Boden ist gut", neckte Sharon.

„Daraus wird nichts, Kleines."

Knox trug sie durch die kleine Wohnung in ihr Schlafzimmer. „Du wirst später dafür bestraft, dass du dein Bett nicht gemacht hast", versprach er.

„Das ist nicht fair", protestierte sie, als er ihre Füße auf den Teppich neben dem Bett stellte. „Ich hatte nur acht Minuten Zeit."

„Später", sagte er und beendete damit das Gespräch, während er sie zu einem schnellen Kuss heranzog, der so feurig war, dass sich ihre Zehen vor Freude krümmten.

Sharon griff nach dem Saum ihres Shirts und zog es sich über den Kopf. Sie musste seine Haut an ihrer spüren. Seine Hände schlossen sich um ihre.

„Daddy hat die Kontrolle, Roni."

Sie senkte den Blick und nickte. Es schien viel intimer zu sein, wenn er ihr den Stoff über den Kopf schob. Seine Fingerspitzen streichelten ihre Haut, als er sie enthüllte.

Sharon blickte auf, um seine Reaktion zu sehen. Begierde zeichnete sich auf Knox' Gesicht ab. Ihre Nervosität verflog. Es spielte keine Rolle, dass sie älter war als er. Dass sie keine durchtrainierte Sportskanone war. Knox wollte sie so haben, wie sie war. In diesem Moment beschloss sie, dass sie ganz dabei sein würde. Warum sollte sie sich mit Zweifeln herumschlagen und zögern, ihm ihre Anziehung zu gestehen?

„Knox, bitte", flehte sie und zerrte an dem Knopf, der seine Cargo-Shorts sicherte.

„Geduld, Roni. Ich bin noch nicht mit dem Auspacken meines Geschenks fertig." Er griff um sie herum, um ihr schlichtes Tankini-Oberteil aufzubinden, zuerst den unteren Teil und dann den Nacken-riemen. Als er es löste, ließ Knox es auf den Boden fallen, bevor er mit seiner Hand über ihre empfindlichen Seiten strich, um ihre Brüste zu streicheln. „Du bist so schön."

Knox ließ sich auf die Knie sinken und nahm einen festen Busen in seinen Mund. Sharon stabilisierte sich, indem sie sich an seinen Schultern festhielt. Als er mit seiner Zunge über die empfindliche

Spitze fuhr, grub sie ihre Finger in seine Muskeln und stöhnte vor Vergnügen, das sich noch steigerte, als er mit einer Hand ihren Bauch hinunterfuhr, um ihre elastischen Shorts über die Hüften zu streifen.

Seine Hände umfassten ihren vollen Hintern und drückten ihre Backen fest zusammen, während er seine Aufmerksamkeit auf ihre andere Brust richtete. Sharon fuhr mit einer Hand an seinem Hals entlang und schob ihre Finger durch sein dichtes schwarzes Haar. „Das ist kein faires Spiel."

„Ich spiele nicht."

Sie spürte, wie sich ihre Mundwinkel bei seiner unverblümten Antwort nach oben zogen. Sein Ton war rauer, als sie ihn je gehört hatte. Nein, Knox war nicht der Typ für Spielchen. Er schob seine Hände unter den dehnbaren Stoff ihres Bikiniunterteils. Ihr Lächeln verblasste, als seine Finger die Spalte zwischen ihren Pobacken abtasteten, hinunter in die Nässe, die sich in dem Moment gelöst hatte, als er sie berührt hatte.

Er zog ihr das letzte Kleidungsstück aus und beugte sich vor, um einen Kuss auf ihren runden Bauch zu drücken. Sie sah an ihrem Körper hinunter, beobachtete, wie er innehielt und hörte, wie er tief einatmete, als Knox ihren Duft einatmete. Der animalische Akt löste einen Schwall von Erregung in ihr aus, als ihr klar wurde, dass Knox alles von ihr verlangen würde. Er würde kein Gentleman-Liebhaber sein.

Mit athletischem Geschick erhob er sich vom Boden und schlang seine Arme um sie. Er zog sie fest an seinen Körper und küsste sie innig. Seine Zunge erforschte ihren Mund, neckte und verleitete sie zu einer Antwort. Sie konnte ihm nichts verweigern.

Mit einem Stöhnen der Begierde drehte sich Knox leicht um und warf die Decke, die sie zur Seite geknautscht hatte, vom Ende des Bettes. Er zog ihr das letzte Kleidungsstück von den Knöcheln und legte sie sanft auf das Bett. Knox trat zurück und betrachtete ihre nackte Gestalt vor sich. Seine rechte Hand strich geistesabwesend über die dicke Erektion, die sich in seinen Shorts abzeichnete.

Sharon hob eine Hand zu einer stummen Einladung. Sofort riss Knox den Verschluss seiner Cargo-Shorts auf und schob sie über seine Hüften, so dass eine Badehose zum Vorschein kam. Sie versuchte, sich das Bild einzuprägen. Die Spitze seines Schwanzes lugte über den Bund, während sich sein Körper gegen die Einschränkung stemmte, die Knox schnell beseitigte.

Ihre erhobene Hand drehte sich, um ihn aufzuhalten und ließ ihn für einige Augenblicke erstarren, während sie das starke Bild, das er ihr bot, in sich aufnahm. Er strahlte männliche Größe und Macht aus. Unfähig, seiner Anziehungskraft zu widerstehen, ließ Sharon ihre Hand fallen und drückte sich gegen die Matratze, um sich aufzusetzen.

Er bewegte sich auf sie zu, nur um plötzlich innezuhalten, sich umzudrehen und nach seinen Shorts auf dem Boden zu greifen. Ein ungewollter Protest entwich ihrem Mund. Er machte keine Anstalten innezuhalten!

„Pst, Kleines. Ich muss dich beschützen", beruhigte er sie und sah ihr in die Augen, bevor er mit einer Hand in seine Hosentasche griff und ein Kondom aus seiner Brieftasche holte. Knox riss es mit den Zähnen auf und rollte es über seinen Schwanz, bevor er zurück aufs Bett kroch.

Enttäuschung überflutete sie. Wollte er sie nicht mehr berühren? Das war alles?

Ihre Gefühle mussten sich in ihrem Gesicht widerspiegeln. Knox küsste ihren Hals knapp unterhalb der Kieferpartie, was sie erschauern ließ, bevor er flüsterte: „Wir werden beide bald verrückt vor Lust sein. Ich werde dann nicht mehr aufhören wollen. Vertrau mir, Roni."

Er streckte sich neben ihr aus. Plötzlich fühlte sich das Doppelbett winzig an. Sharon liebte das. Sie stützte sich auf einen Ellbogen, so dass sie auf seinen Körper hinuntersehen konnte. Um ihn zu erforschen, strich sie mit einer Hand über seine Brust und hinunter zu Knox' dickem Schaft. Er fing ihre forschenden Finger ein, kurz bevor sie ihr Ziel erreichte. Überrascht sah sie auf, um seinem Blick zu begegnen.

„Du darfst Daddys Schwanz nicht anfassen, bevor ich dir nicht die Erlaubnis dazu gegeben habe, Roni."

„Das ist nicht fair", protestierte sie.

„Sei ein braves Mädchen und du kannst dir eine Belohnung verdienen. Aber jetzt darf Daddy erst einmal spielen." Er schlang seine Arme um ihren Oberkörper und rollte sich auf den Rücken. „Setz dich für Daddy auf. Er will sehen, wie hübsch du bist."

„Ich will auch spielen", protestierte sie, als er sie hochhob. „Oh!"

Als sie sich auf sein Becken spreizte, verlagerte sich ihr Gewicht auf seinen Schwanz. Plötzlich verstand sie, warum er die Schutzhülle so schnell übergezogen hatte. Sie konnte ihn nicht mit den Händen berühren, aber... Sharon schaukelte vorwärts, ihre vor Erregung feuchte Muschi glitt gegen seine steife Erektion. Mmmh!

Knox' kräftige Hände schlossen sich um ihre Oberschenkel. Ihr Anblick stellte ihren Körper in den Schatten und Sharon fühlte sich klein und zart.

„Nochmal, Roni."

Sie glitt vor und zurück und beobachtete, wie seine Augen in seinem Kopf zurückrollten. Sharon genoss ihre Macht über ihn und die Hitze, die sie in sich selbst aufbaute und wiederholte die Bewegung wieder und wieder. Knox' Hände erkundeten ihren Körper, suchten nach ihren empfindlichsten Stellen. Sie keuchte auf, als er hinter ihrem linken Ohr einen Reizpunkt fand, der die Lust bis in ihr Becken ausstrahlen ließ.

„So gefügig", lobte er. Er zeichnete eine Linie in der Mitte ihres Körpers und tauchte in ihre rosa Falten ein, während sie sich an ihm rieb. Knox drückte eine Fingerspitze auf ihre Klitoris und hielt sie fest, während sie sich gegen ihn bewegte.

„Ahh!" Sharon spürte, wie sie zersprang. Der plötzliche Orgasmus schoss durch ihren Körper, während sie auf der Stelle erstarrte.

„Gutes Mädchen", lobte er, bevor er seine Hüften anhob, um den Druck seines Schwanzes auf sie zu erhöhen.

Plötzlich reichten ihre Schaukelbewegungen nicht mehr aus. „Daddy!"

„Lass mich dir helfen, Roni." Seine Hände hoben sie leicht an, damit sie über ihm schwebte. Knox setzte die breite Spitze seines Schwanzes an ihre Öffnung, bevor er sie mit einer langsamen Bewegung nach unten zog, während sein dicker Schaft sie dehnte.

Sharon biss sich auf die Lippe, als der Druck zwischen Lust und

Schmerz schwankte. Sie wollte ihn schneller in sich fühlen, aber Knox kontrollierte ihre Bewegungen. Sie krallte ihre Finger in seinen kräftigen Bizeps und hielt sich fest. Als die Dehnung an der Grenze zur Überforderung war, krümmte sich Knox und legte eine Hand um ihren Hinterkopf. Er eroberte ihre Lippen und küsste sie. Die lodernde Leidenschaft in seinem Kuss lenkte sie ab. Sharon ließ ihre automatische Reaktion, ihre Muskeln um seinen dicken Schaft zu spannen, hinter sich.

Als Knox seinen Mund von ihrem löste, klammerte sich Sharon an ihn. „Geht es dir gut, Roni?", fragte er.

„Ja", flüsterte sie verwirrt und beugte sich vor, um ihn noch einmal zu küssen. Wie erstarrt blickte sie ihn erstaunt an.

„Er passt!"

„Das tut er in der Tat." Ein Hauch von Belustigung umspielte seine Lippen, bevor intensives sexuelles Verlangen sie übermannte.

Seine Hände streichelten sie, quälten sie hier und da, während sich seine Hüften gegen sie stemmten. Sharon bewegte sich über seinen Körper, versuchte, ihm zu gefallen, verlor aber häufig die Konzentration, als die Lust sie durchzuckte. Sie schloss die Augen, um sich auf den Orgasmus zu konzentrieren, der kurz vor ihr lag und konnte nicht länger sagen, wo ihr Körper begann und seiner endete.

Knox schlang seine Arme um sie und ließ sich mit dem Rücken auf die Matratze sinken. Er erstickte ihren Protest, indem er sie auf die Seite rollte. Während sie versuchte, sich an diese Position zu gewöhnen, zog Knox ihr oberes Bein hoch und schlang ihr Bein um seine Taille. Während er ihren Blick festhielt, stieß er in ihre Hitze.

Das schien so intim zu sein. Sie strich mit ihrem freien Arm über seinen Körper und genoss die straffen Muskeln, die ihre Finger überall zu finden schienen. Jedes Mal, wenn sie Knox ansah, blickte er zurück. Es hätte unheimlich sein können, aber so war Knox. Sie wusste, dass er ihr Vergnügen überwachte und auf sein eigenes verzichtete, um sich in jeder Hinsicht um sie zu kümmern. Sharon wackelte und presste sich gegen seinen harten Körper. Indem sie ihn streichelte, erwiderte Sharon das Vergnügen, das er ihr bereitete. Als sein Atem rasend wurde, spürte sie, wie sich ihr Höhepunkt erneut aufbaute.

Als wüsste er, was sie fühlte, bewegte sich Knox leicht. Seine Stöße konzentrierten sich auf eine besonders empfindliche Stelle. Mit einem Schrei brach sie in seinen Armen zusammen. Sharon schlang ihre Arme um seinen Hals und klammerte sich an ihn, während Wellen der Lust ihren Körper durchströmten. Knox drückte ihr heiße Küsse auf den empfindlichen Hals und die Lippen und trug dazu bei, ihr Vergnügen zu verlängern.

Als sich ihr Körper um ihn herum beruhigte, verlängerte Knox seine Stöße. Sie spürte, wie sein Schwanz in ihr zuckte und wusste, dass er es sich selbst versagte. Sharon strich mit ihren Fingern über seinen angespannten Kiefer.

„Knox, ich werde nicht zerbrechen. Machen Sie Liebe mit mir. Machen Sie mich zu Ihrer."

Nach einer Sekunde des Innehaltens rollte sich Knox zwischen ihre Schenkel und befahl: „Schling deine Beine um mich, Roni." Er schob einen Arm unter ihre Schultern, um eine Handvoll ihres hellbraunen Haares zu greifen. Er zog ihren Kopf nach hinten, um ihren Hals zu ihm zu biegen, küsste und knabberte an ihrem Hals, während er kräftig in sie stieß und das Bett unter ihnen zum Wanken brachte.

Knox stützte sein Gewicht mit einem kräftigen Unterarm, der gegen die Matratze drückte, so dass sie nur einen Hauch seines Gewichts spürte, das sie an Ort und Stelle festhielt. Ihre Körper stießen aneinander und ihre Haut glitzerte von der Hitze, die sich im Raum aufbaute. Sharon atmete tief ein, sie liebte den Duft eines erregten Mannes. Nein, nicht nur irgendeinen Mann. Knox' Duft entflammte Sharon, als er ihren Körper mit seinem ausfüllte.

Mit einem Schrei stieß Knox tiefer in sie ein. Sie konnte spüren, wie er in ihr anschwoll. Knox ließ ihr Haar los und zwickte sie in eine ihrer Brustwarzen. Unfähig, dem Geschmack des Schmerzes und seinen fortgesetzten Stößen zu widerstehen, explodierte sie mit einem leidenschaftlichen Stöhnen erneut vor Lust. In die Arme des jeweils anderen gehüllt, normalisierte sich der Herzschlag des Paares langsam wieder.

Träge räkelte sie sich auf den Laken, während er sich um das Kondom kümmerte, bevor er sie wieder in seine Umarmung zog. Knox rollte sich auf den Rücken und hielt sie eng an sich gedrückt. Er strich mit den Fingern durch ihr Haar, während sie ihm Küsse auf die Schulter drückte.

„Verdammt, meine Kleine. Darauf hätte ich noch weitere fünf Jahre gewartet." Knox brach das Schweigen zwischen ihnen und entlockte ihr ein Lachen.

Das Beste daran war, dass sie wusste, dass er es getan hätte.

KAPITEL 9

Zack! Knox' große Hand landete nach kurzer Weile auf Sharons entblößter Pobacke.

„Was ist denn!? Ich bin doch brav", protestierte sie.

„Zeit, aufzustehen. Ich habe noch etwas vor."

„Badeanzug-Pläne?", fragte sie.

„Ja. Bleib, wo du bist." Knox rollte sich aus dem Bett und machte sich auf den Weg ins Bad.

„Ich sollte auch aufstehen", schlug sie lachend vor, als sie das Wasser im Waschbecken laufen hörte.

Knox ging zurück ins Zimmer, völlig unbekümmert um seine Nacktheit. Sharon lobte diesen Charakterzug im Geiste. Es würde sie nicht stören, wenn er regelmäßig ohne Kleidung herumliefe. Der Anblick beim Kommen und Gehen war gleichermaßen erfreulich.

Er hatte sich auf ein Knie an der Bettkante fallen gelassen. Er entfaltete den nassen Waschlappen in seinen Händen und strich ihr mit dem warmen Stoff über das Gesicht, bevor er ihr sanft den Schweiß vom Körper wischte.

„Spreiz deine Beine, Roni", befahl er. Als sie gehorchte, wischte Knox ihre Säfte von den Innenseiten ihrer Schenkel, ihrer Muschi und ihrem Po. Der weiche Stoff versetzte ihrem Körper einen Schauer der Lust, als er über sie rieb. Als Antwort auf ihre kleinen Geräusche drückte er ihr einen sanften Kuss auf den Bauch, bevor er fertig war. Er kümmerte sich um sie, ohne zu zögern.

„Soll ich dich ab jetzt Daddy nennen und siezen?", flüsterte sie, als er aufstand, um mit demselben Waschlappen auch seine Haut zu reinigen. Es war heiß, ihn sich selbst berühren zu sehen, aber sie versuchte, ihr Interesse zu verbergen, indem sie ihren Blick auf sein Gesicht richtete. Sein langsames Zwinkern verriet ihr, dass er genau wusste, was sie dachte.

„Ich würde mich freuen, wenn du mich jetzt Daddy nennst oder wann immer du dich wohlfühlst. Der Name oder die Anrede ist nicht so wichtig wie die Bedeutung dahinter. Du könntest mich für den Rest unseres Lebens Knox nennen. Ich weiß, dass du zu mir gehörst. Das ist das Wichtigste."

„Ist es okay, wenn ich es ausprobiere, wenn es sich richtig anfühlt?", fragte sie. „Und niemals bei der Arbeit."

„Ich denke, das ist eine gute Art, anzufangen. Aufstehen, kleines Mädchen. Geh aufs Töpfchen und dann geht's los." Er streckte eine Hand aus, um sie aus dem Bett zu zerren.

„Wohin gehen wir?"

„Du wirst es nie herausfinden, wenn wir nicht endlich aufbrechen."

Sharon eilte den Flur entlang. Sie war gespannt darauf, was Knox für sie geplant hatte. Es war schon eine Weile her, dass sie einfach nur Spaß gehabt hatte. Sie rümpfte die Nase und erinnerte sich daran, dass sie das letzte Mal mit Knox im altmodischen Diner gewesen war. Und davor? Sie wusste es nicht einmal.

Sharon betätigte die Toilettenspülung und wusch sich die Hände, bevor sie versuchte, ihr Haar zu entwirren. Sie starrte in den Spiegel und fragte sich, ob sie noch Zeit hatte, sich zu schminken, doch dann hörte sie, wie Knox sich im Schlafzimmer bewegte und wusste, dass sie zurückkehren musste. Er hatte ihre Kleidung auf dem Bett ausgebreitet und machte den Reißverschluss seiner Cargo-Shorts zu. Sie hob ihr Oberteil auf, aber Knox war mit dem Schließen seiner Shorts fertig und riss ihr den Tankini aus den Händen.

„Das ist Daddys Job, Roni."

Geschickt half Knox ihr in das hinten offene Badeanzugoberteil und band die Träger fest. Er griff in die Körbchen und justierte ihre Brüste so, dass sie bequem lagen. Welcher Mann wusste schon, dass so etwas getan werden musste?

Bald darauf trug sie ihre Unterhose, Shorts und Flip-Flops. Er hielt ihr die Hand hin und sie ergriff sie begierig. Die Vorstellung, Zeit mit Knox zu verbringen, klang fantastisch - vor allem, wenn man bedachte, wie wunderbar sie sich fühlte. Sharon presste ihre Schenkel zusammen und genoss das Verlangen zwischen ihnen.

„Bereit zu gehen?", fragte er mit einem liebevollen Lächeln.

„Lass uns gehen!"

Knox führte Sharon hinunter zum Parkplatz hinter dem B-Turm. Pete stand wachsam neben Knox' großem Geländewagen, hinter dem jetzt ein riesiges Boot befestigt war. Er parkte am roten Bordstein im ausgewiesenen Halteverbot.

„Boss, gut, dass ich dein Fahrzeug erkannt habe. Der Typ von der Streife hat angerufen und wollte es abschleppen lassen", sagte Pete lachend zu ihm.

„Danke, Pete. Ich wollte eigentlich nur schnell nach oben laufen, aber ich musste erst noch etwas für Sharon in Ordnung bringen", erklärte Knox.

Sharon versuchte, unschuldig auszusehen, spürte aber, wie ihr Gesicht heiß wurde. Pete war ein Daddy. Es war unmöglich, dass er nicht genau wusste, was Knox „in Ordnung gebracht" hatte.

„Ist das dein Boot? Es ist erstaunlich", tönte es von der anderen Seite des Bootes. Alan tauchte bald auf und strich mit einer bewundernden Hand über den Bug.

„Das ist es. Steig ein, wenn du dich kurz umsehen willst", schlug Knox vor.

„Bitte um Erlaubnis, an Bord kommen zu dürfen, Kapitän", bat Alan grinsend.

„Erlaubnis erteilt", antwortete Knox förmlich.

Sofort salutierte Alan, rannte nach hinten und kletterte auf das Deck, um sich umzusehen. Sie konnten hören, wie er über verschiedene Dinge schwärmte, bevor er sich hinter das Steuerrad des Kapitäns setzte, um so zu tun, als würde er das Schiff steuern.

„Hast du irgendwelche Erfahrungen mit Booten?", fragte Knox den Mann neben ihm.

„Ich hatte früher ein Rennboot, bevor ich hierhergezogen bin, um bei Edgewater Industries zu arbeiten."

„Dann weißt du ja, wie man ein Boot auf einen Anhänger setzt und wieder herunterholt." Er sah zu Alan auf, der in dem Boot im siebten Himmel zu sitzen schien. „Willst du dir nächsten Samstag mein Boot ausleihen, Pete?", fragte Knox leise.

„Oh, ich habe nichts, um es zu schleppen, aber danke."

„Ich bin sicher, wir können die Fahrzeuge tauschen", schlug Knox vor. „Wir sind dir was schuldig, weil du für uns Schmiere gestanden hast. Ich habe nicht vor, ihn nächstes Wochenende zu benutzen. Das kleine Fräulein muss im Wasser sein. Da hat sie ihren Spaß."

„Ich werde dich nicht zweimal abweisen. Es soll eine Überraschung für Alan sein. Danke, Knox."

Pete schirmte seine Augen ab, als er zu dem jungen Mann auf dem Deck hinaufschaute. „Komm runter, Alan. Bedank dich bei Knox, dass er dich das Schiff erkunden lassen hat."

„Danke, Knox. Danke, Sharon. Es ist ein schönes Boot. Viel Spaß", zwitscherte Alan, nachdem er heruntergeklettert war.

„Werden wir haben!" Sharon nahm seine guten Wünsche entgegen.

Eine Stunde später stand Sharon auf dem Deck des Bootes, als eine warme Brise durch ihr Haar wehte, es verhedderte und über ihre Augen peitschte, sodass sie nichts mehr sehen konnte. Sie duckte sich hinter die Windschutzscheibe und versuchte, sie zu bändigen. Knox verlangsamte das Schiff bis zum Stillstand und stand vom Kapitänssitz auf.

„Komm, setz dich hin, Roni. Ich kümmere mich um deine Haare", versicherte er ihr.

„Du weißt, wie man Haare macht?", fragte sie grinsend. Knox' dickes schwarzes Haar war kurz geschnitten und gekämmt. Er verbrachte offensichtlich nicht viel Zeit mit der Pflege.

„Vertrau mir", sagte er.

Als Sharon auf seinem Stuhl Platz nahm, öffnete er ein Fach am Armaturenbrett und zog einen Kamm und ein Stück Band heraus. Als er ihr letzteres reichte, erklärte Knox: „Das gehörte zu einer Tüte Popcorn aus dem Supermarkt. Es war zu schön, um es wegzuwerfen, also habe ich es da reingetan. Ich wusste einfach, dass ich es eines Tages brauchen würde."

Die sofortige Eifersucht, die beim Anblick des Bandes in Sharon aufgestiegen war, löste sich auf. Sie sah sich das Band an. Es war weiß und hatte bunte Päckchen darauf. „Zur Weihnachtszeit?"

„Genau. Und jetzt halt still." Knox nahm eine Haarsträhne in die Hand und hielt sie auf halber Länge fest, um sicherzugehen, dass sie nicht an der Kopfhaut zerrte. Vorsichtig arbeitete er sich durch die Strähnen und brachte ihre Haare wieder in ihren üblichen, glänzenden Zustand.

Sie hatte Mühe, die Augen offen zu halten, während der Kamm und seine Finger durch ihr Haar strichen und es erstaunte Sharon, dass seine riesigen Finger so geschickt waren.

Nachdem er ihr den Kamm gereicht hatte, nahm Knox kleine Haarpartien oberhalb ihrer Stirn auf. Er flocht die glatten Strähnen zusammen und fügte weitere hinzu, während er ihr Haar zu einem Zopf flocht. Als er ihren Nacken erreichte, band Knox die Länge ihres Haars zusammen und zog den Zopf über den Rücken der Schwimmweste, die sie tragen musste.

„Das Band", forderte er und hielt seine Hand vor sie.

Sharon reichte es ihm und er band es zu einer hübschen Schleife zusammen, während sie zusah. Sharon konnte nicht widerstehen und streichelte erstaunt über das verschlungene Muster, das an ihrem Hinterkopf herunterlief.

„Du weißt, wie man einen französischen Zopf flechtet?"

„Ich habe viele Talente", erinnerte er sie mit einem kurzen Kuss. „Hüpf auf deinen Platz und wir machen eine Tour über den See, bevor wir den Anker in einer Bucht auswerfen und uns amüsieren."

Schnell befolgte sie seine Anweisungen. Als sie um den See fuhren, wehten diesmal nur ein paar Haarsträhnen um ihr Gesicht. „So viel besser!", rief sie über das Geräusch des Motors und die Brise hinweg.

Knox grinste sie an und reckte den Daumen in die Höhe, während sie weiterfuhren.

Es war ein schöner Tag. Viele Leute waren auf dem See und genossen den sonnigen Himmel und die warmen Temperaturen. Knox erwiderte alle Grußworte und schien sich auf dem Wasser vollkommen wohlzufühlen. Sharon fiel auf, dass er die Gegend, in der sie sich befanden, ständig absuchte und scheinbar alles mitbekam, was um sie herum geschah. Zweimal verlangsamte er das Boot, ohne dass sie einen Grund dafür erkennen konnte. Jedes Mal hatte er damit gerechnet, dass ein schnelleres Boot ihren bisherigen Kurs kreuzen würde, auch wenn der Übeltäter aus einer Diagonalen hinter ihnen kam.

Schließlich fuhr er in eine kleine Bucht ein, die mit einem großen Warnschild gekennzeichnet war. Er ließ den Anker der Little Miss in einiger Entfernung von zwei anderen Booten fallen, die dort bereits ankerten. Achselzuckend zog er seine Schwimmweste aus und ließ sie auf das Deck fallen.

„Da hinten war ein Schild mit der Aufschrift ‚Private Bucht‘."

„Wir haben die Erlaubnis, hier zu sein", antwortete er mit einem Lächeln, das sie beschwichtigte.

„Kann ich meine Schwimmweste auch ausziehen?", fragte sie.

„Jetzt, wo wir stillstehen, kann ich dir helfen, falls dir etwas zustoßen sollte. Auf einer Skala von Null bis Olympia, wie gut kannst du schwimmen?", fragte er und öffnete die Schnallen.

„Eine Sechs?", schätzte sie. „Ich wohne an einem See, nicht vergessen."

„Wo dein Haus steht, hat nichts damit zu tun, wie gut du im Wasser überleben kannst", stellte Knox fest, während er die letzte Schnalle öffnete.

Sharon streifte die Weste ab und ließ sie auf den Bootsboden fallen. Sie ließ die Schultern rollen. Es war gar nicht so schlimm, sie zu tragen, aber sie liebte es, sie auszuziehen. Knox strich ihr mit einer Hand über den Arm, bevor er zum hinteren Teil des Bootes ging. Sie mochte es, wenn er sie berührte.

Knox beugte sich vor, zog eine Kühlbox unter dem Sitz hervor und öffnete sie. Er winkte sie herüber, sich zu ihm zu setzen. Das Frühstück, auf das sie in ihrer Aufregung, aufs Wasser zu kommen, verzichtet hatte, lockte sie jetzt. Als sie auf der Rückbank saßen, sah Sharon zu, wie Knox einen Teller mit mehr Essen füllte, als sie jemals essen konnte.

„Auf dem Wasser zu sein, macht hungrig", erklärte er, als ob er ihre Gedanken gehört hätte.

„Woher weißt du immer, was ich denke?"

„Ich kenne dich. Deine Gesichtsausdrücke sind für jemanden, der dich nicht kennt, sehr subtil, aber leicht zu verstehen, wenn man dich schon eine Weile kennt", erklärte er, während er seinen Teller mit dem Doppelten von dem füllte, was er ihr gegeben hatte.

Sharon steckte sich eine Weintraube in den Mund und kaute nachdenklich. Es konnte positiv und negativ sein, dass er sie so leicht durchschauen konnte. „Was denke ich jetzt?"

„Du fragst dich, ob Liebe machen auf dem Wasser so viel Spaß macht, wie du dir vorstellst."

„Das habe ich nicht gedacht!" protestierte Sharon, völlig verblüfft über diese Andeutung.

Knox hob nur eine fragende Augenbraue und nahm einen Bissen von dem Kirschkuchen auf seinem Teller.

„Knox!"

„Vielleicht habe ich das nur gedacht", stichelte er.

„Du bist furchtbar." Sharon verscheuchte die Bilder von Knox' riesigem Körper aus ihrem Kopf, der sich über sie bewegte, während das Boot auf dem Wasser dümpelte, so wie in diesem Moment.

„Das bin ich, aber jetzt denkst du darüber nach."

„Das stimmt nicht", verneinte sie, doch sie spürte, wie sich ihr Gesicht erhitzte und hoffte, dass er denken würde, die Sonne sei schuld, trotz all der Sonnencreme, mit der er ihre Haut eingerieben hatte, bevor sie das Boot ins Wasser gelassen hatten.

Knox' leises, amüsiertes Lachen dröhnte über das Wasser. Mehrere Leute drehten sich nach ihnen um, während der maskuline Tonfall auch sie erfasste. Sharon mochte die sofortige Eifersucht nicht, die in ihr aufstieg. Er achtete nicht auf die jungen Frauen in Bikinis, die laut kicherten, als sie sich abwechselnd über den Bootsrand stießen.

„Iss, Roni. Du bist hungrig", erinnerte er sie.

Sharon rutschte ein wenig auf dem Sitz hin und her, um nicht auf das aufmerksamkeitsheischende Verhalten der flirtenden Mädchen zu schauen. Sie balancierte den Teller vorsichtig, als Knox sie auf seinen Schoß hob. Nachdem sie sich in eine bequeme Position gewunden hatte, nahm er eine Erdbeere von ihrem Teller und hielt sie ihr an die Lippen.

„Beiß ab."

„Mmm, das ist köstlich", murmelte Sharon um den Bissen herum, während eine dünne Linie Saft über ihr Kinn lief. Bevor sie sie mit der freien Hand wegwischen konnte, beugte sich Knox vor, um sie zu kosten.

„Wow! Das ist gut", stimmte er zu, bevor er sich den Rest ihrer Erdbeere stibitzte.

„Nicht fair, das war meine."

„Probiere mal die hier", schlug er vor und nahm eine von seinem Teller. Ein großer Bissen bestätigte, dass sie genauso lecker war.

Sharon entspannte sich an seiner Schulter, während sie aßen. Knox fütterte sie, und auch sie lockte ihn mit Leckereien. Sie liebte es, wie er an ihren Fingerspitzen saugte oder knabberte, wenn sie ihm einen speziell ausgewählten Leckerbissen in den Mund steckte. Seine nach Erdbeeren schmeckenden Küsse begeisterten sie.

Es machte ihr so viel Spaß, dass sie gar nicht bemerkte, wie das Boot der Mädchen näherkam. Bald war ihr Magen voll und ihre Teller waren leer.

„Können wir jetzt schwimmen?", fragte sie ungeduldig.

„Nicht sofort, nachdem du gegessen hast. Ich habe eine andere Möglichkeit für dich."

Knox hob ein fest zusammengerolltes Bündel hoch, das einen großen Teil des hinteren Teils des Bootes ausfüllte. Er hob es über ihre Köpfe und trat auf die kleine Plattform am Heck des Bootes, um zwei Metallhaken an entsprechenden Schlaufen auf dem Deck zu befestigen. Er löste die Bänder, die das Bündel zusammenhielten und stieß es vom Boot ab. Als es sich aufrollte, erschien eine große schwimmende Schaumstoffplattform, die den hinteren Teil des Bootes verlängerte.

„Was hältst du davon, im Wasser zu treiben?", fragte er.

„Das wird mich nicht halten", antwortete sie und schüttelte den Kopf.

„Doch, das wird es. Ziehen wir unsere Sachen aus, damit sie nicht nass werden." Schnell zog Knox sein T-Shirt und seine Shorts aus und gab den Blick auf die engen Boxershorts frei.

Es kostete Sharon alle Mühe, nicht hinzusehen. Sie wusste, was in diesem straffen Material steckte. Als er sich umdrehte, um sein Hemd auf den Kapitänsstuhl zu werfen, konnte sie nicht widerstehen, einen Blick auf seinen muskulösen Hintern zu werfen. Knox' Körper war ein wahres Wunderwerk. Sie drückte ihre Schenkel zusammen und versuchte, an etwas anderes zu denken.

Von dem Boot der jungen Frauen auf der anderen Seite der Bucht ertönten schneidende Pfiffe. Ein Glitzern spiegelte sich auf dem Glas und Sharon wusste, dass sie Knox durch ein Fernglas beobachteten. Sie biss sich auf die Lippe, ballte ihre Finger zu einer Faust und versuchte, nicht auf ihre anzüglichen Bemerkungen zu reagieren.

Von ihren Gedanken abgelenkt, hob Sharon automatisch die Arme und ließ sich von Knox das Hemd über den Kopf ziehen. Als er ihr die Shorts von den Hüften schob, hörte sie ein Flüstern, das über das Wasser getragen wurde.

„Oh, mein Gott!" Jedes Wort war stakkatoartig und getrennt, was den Ausdruck von schockiertem Entsetzen erzeugen sollte. „Er zieht sie aus."

„Sie beobachten uns, Knox."

„Ignoriere sie. Sie werden weiterziehen, wenn wir nicht reagieren. Um diese Jahreszeit sind viele Leute auf dem See."

Knox beendete das Gespräch, ohne einen Blick in ihre Richtung zu werfen und trat über die Bordwand, um sich auf die hintere Stufe zu stellen. Der weite blaue See erstreckte sich vor ihnen. „Sieh mir zu."

Er stieg von der hinteren Plattform des Bootes auf das schwimmende Material. Er stand und balancierte geschmeidig. Der Stoff wölbte sich leicht unter seinen Füßen und Wasser rieselte über die Ränder und bildete Pfützen auf der Oberfläche. "Wenn es mich halten kann, kann es auch dich halten, Roni. Komm schon. Das macht Spaß."

Sharon folgte ihm und stellte sich auf den hinteren Teil des Bootes. Vorsichtig tippte sie mit einem Zeh auf die weiche Oberfläche. Es fühlte sich federnd, aber fest an. Knox stand vor ihr, bereit, ihr zu helfen.

„Es ist nicht so einfach, wie du es aussehen lässt, oder?", warf sie ein.

„Es braucht ein bisschen Übung, um zu stehen, aber wir werden uns einfach ausstrecken und unser Mittagessen verdauen", ermutigte er sie.

„Was ist das Schlimmste, was passieren kann?", fragte sie laut.

„Wir fallen beide ins Wasser und du kannst schwimmen, wie du es vorgeschlagen hast", antwortete er grinsend.

Sie hielt sich an seinen Händen fest und stieg aus dem Boot. " Oh!", quietschte sie, bevor sie auf die Knie sank, als sich der Schaum unter ihrem gemeinsamen Gewicht stark wölbte. Auf ihren Händen und Knien fühlte sie sich viel wohler. Zu ihrer Erleichterung ließ sich Knox neben ihr nieder und setzte sich im Schneidersitz.

Das Wasser plätscherte sanft unter der schwimmenden Plattform. Zögernd ließ sie sich auf den Bauch fallen und streckte sich aus. Es war, als wäre sie auf einem wattierten Boot. Sie sah Knox an, der sich neben ihr auf den Rücken legte und einen Arm unter den Kopf schob, damit er die Umgebung betrachten konnte.

„Das ist schön - wirklich schön", seufzte sie.

Die Sonne war warm auf ihrer Haut und eine kühle Brise wehte über ihre Körper. Es war lange her, dass sie sich völlig entspannt hatte. Sich um Roger zu kümmern, war ein rund-um-die-Uhr-Job gewesen. Nach seinem Tod hatte sie so viele Dinge zu regeln und zu erledigen gehabt.

Die Rückkehr zu Edgewater Industries half Sharon, einen regelmäßigen Tagesablauf zu finden. Den hatte sie nötig. So war sie nun einmal gestrickt. Ein geregelter Tagesablauf half ihr, die unwichtigen Dinge auszumisten und die Dinge, die ihr Stabilität gaben auszubauen.

Sie seufzte erneut, ohne es zu merken, als sie versuchte, das Chaos zu ordnen, das ihr Leben im letzten Jahr geworden war. Knox nahm ihre Hand und drückte sie.

„Hör auf zu denken. Sei einfach", befahl er.

Sharon konzentrierte sich auf die vorbeiziehenden Wolken. Wenn ihr ein zufälliger Gedanke oder etwas, das sie tun musste, in den Sinn kam, erinnerte Knox' Hand sie daran, den verirrten Gedanken zu verdrängen. Sie verschmolz mit dem weichen Floß. Das war der Himmel.

„Das ist mein Mädchen."

„Ich könnte dein Mädchen sein, wenn du willst", verkündete eine kokette Stimme von der Seite der Schaumstoffplattform. Das Material senkte sich leicht, als die Fremde sich am Rand festhielt.

Ohne sie anzusehen, antwortete Knox: „Sie haben gerade meine Gutmütigkeit ausgenutzt, indem Sie die Bucht für sich nutzen wollten. Dies ist Privateigentum. Bitte gehen Sie, bevor ich meine Sicherheitskräfte rufe."

„Das ist eine ziemlich harte Antwort für jemanden, der nur freundlich sein will", erwiderte sie schnippisch.

„Sie sollten sich mehr wert sein als diese alte Dame", warf die unangenehme junge Frau über ihre Schulter, während sie durch das Wasser zurück zu ihren Freunden schwamm. Sie hievte sich an Bord und verkündete: „Der reiche Bonze da drüben ist der Besitzer dieser Bucht. Er hat uns rausgeschmissen, weil wir seine Oma schlecht aussehen lassen haben."

Knox rührte sich nicht, bis sie aus der Bucht herausfuhren. Dann setzte er sich leicht auf, um den Namen und die Kennzeichnung des Bootes zu überprüfen. Sharon wusste, dass er sie sich sorgfältig eingeprägt hatte.

„Sollen wir auch gehen?", rief der Familienvater auf dem anderen Boot über das Wasser.

„Bitte, bleiben Sie und genießen Sie die Bucht. Ich lasse das Einfahrtstor offen, damit jeder etwas davon hat", antwortete Knox. Die Härte war aus seinem Tonfall verschwunden.

„Danke, Mister!", rief ein kleiner Junge, der auf einem Schlauchboot schwamm. Knox antwortete mit einem Winken.

Als er sich wieder zu Sharon umdrehte, versuchte sie, sich zusammenzureißen, obwohl sie am liebsten vor Scham geflüchtet wäre.

„Knox, es tut mir leid ..."

„Du brauchst dich für nichts zu entschuldigen, Kleines. Ich hoffe, dass ihre Unfreundlichkeit auf ihre Jugend und Unerfahrenheit zurückzuführen ist und nicht auf einen unglaublichen Mangel an Charakter."

„Aber sie hat recht. Ich bin älter als du es bist. Du könntest mit jemandem zusammen sein, der viel ..."

Knox schnitt ihr das Wort ab. „Ich bin nur ein paar Jahre jünger als du. Das ist völlig unbedeutend. Und was den Rest ihres Geschwätzes angeht: Du hast einen Körper, den ich liebe. Er ist wohlgeformt und schön. Wenn es dich nicht gäbe, wäre diese widerwärtige Zicke die letzte Frau auf der Welt, die ich in Betracht ziehen würde."

Als sie zögerte, zog Knox sie näher heran. „Denkst du, ich weiß nicht, was ich will? Glaubst du, ich wäre jahrelang zölibatär geblieben, weil die Frau, die mir am Herzen lag, in einer festen Beziehung war, an der ich niemals zu rütteln gewagt hätte?"

Sharon schüttelte den Kopf. Angesichts der Tatsache, dass er sich ihr hingegeben hatte, konnte sie auf keinen Fall zulassen, dass die spitzen Angriffe dieser Fremden ihre Verbindung unterbrachen. Sie würde ihr diese Macht nicht geben.

Sharon beugte sich vor und küsste Knox, wobei sie alle Emotionen, die in ihr aufstiegen, kanalisierte. Sie knabberte an seinen Lippen, bevor sie ihre Zunge in seinen Mund schob. Sharon war noch nie die Animateurin gewesen. In der Erwartung, dass Knox die Kontrolle über den Kuss übernehmen würde, wurde sie wagemutig, als er darauf einging und sie spielen ließ.

Sie strich mit einer Hand über seine Brust und verhedderte sich in seinem seidigen Haar. Als sie leicht daran zog, hörte sie das Grollen in seiner Brust, als er auf den leichten Schmerz reagierte. Sharon fuhr mit der Hand über die Muskeln seines Unterleibs bis zum niedrigen Bund seiner Badehose. Sie kniff in den Stoff und zog ihn leicht nach oben, wobei sie sein leises Stöhnen vernahm. Wagemutig fuhr sie mit einer Fingerspitze unter den Stoff.

Ein entferntes Kichern ließ sie auf der Stelle erstarren. Sie hatte die Familie auf der anderen Seite der Bucht völlig vergessen. Sie riss ihre Hand weg und rollte sich auf die Seite, um Platz zwischen ihren Körpern zu schaffen.

„Sie haben nichts gesehen, Roni. Ist schon gut. Ich hätte dich aufgehalten, bevor du zu intim geworden wärst. Kleine Mädchen brauchen auch Spielzeit."

Sharon starrte ihn an, bevor sie wiederholte: „Kleine Mädchen brauchen auch Spielzeit?"

„Auf jeden Fall. Hast du ein Stofftier?", fragte er im Gespräch.

„Ja, habe ich. Ich habe Dodi. Sie ist ein ..."

„Dodo-Vogel?", vermutete er.

„Ja. Und ich habe Cado. Er ist ein Avocado-Mann. Ich habe ihn schon seit Jahren." Tränen stiegen ihr in die Augen, als sie sich daran erinnerte, dass Roger ihr die ausgestopfte Frucht in ihrer Hochzeitsnacht geschenkt hatte.

„Roni." In diesem einen Wort steckte so viel Verständnis. Knox rollte sich auf die Seite und zog sie dicht an seinen Körper. Er schaukelte sie sanft gegen seine harte Brust.

„Es tut mir leid. Das muss das Schlimmste für dich sein. Mit einer Frau zusammen zu sein, die ihren Mann nicht vergessen kann." Sharon rang darum, sich zusammenzureißen. Sie wusste, dass sie mit ihrem Leben weitermachen musste.

„Ich will nicht, dass du deinen ersten Daddy jemals vergisst", korrigierte er sie sanft.

„Das willst du nicht?"

„Das werde ich nicht. Er war ein wunderbarer Mann. Selbst aus der Ferne konnte ich sehen, dass er sich bemühte, ein großartiger Daddy zu sein. Roger hat dich von ganzem Herzen geliebt."

„Er hat mich geliebt."

„Schon deshalb mochte ich ihn. Als ich ihn dann kennenlernte, mochte ich ihn, weil er interessant und intelligent war."

„Er war so klug", stimmte Sharon zu. Allein das Reden über Roger ließ den Schmerz über seinen Tod ein wenig abklingen. Es gefiel ihr, dass Knox sich die Zeit genommen hatte, Roger kennenzulernen.

„Ich könnte nie all das tun, was er erreicht hat. Roger dachte, mein Job sei hart", fügte sie hinzu.

„Dein erster Mann war sehr scharfsinnig."

„Mein erster Mann. Hast du vor, der zweite zu werden?" Sie lachte über seine Worte.

„Ja. Wir werden heiraten, wenn du bereit bist. Ich glaube nicht, dass ich bis zu unseren Flitterwochen warten werde, um dir ein Plüschtier zu schenken", sagte Knox und strich ihr die Haare aus dem Gesicht. „Jetzt aber genug der ernsten Worte. Willst du schwimmen gehen?"

„Ja!"

KAPITEL 10

Als Sharon am Sonntagmorgen allein in ihrem Bett aufwachte, war sie versucht, Knox anzurufen, um ihn einzuladen, den Tag mit ihr zu verbringen. Sie hatte ihre gemeinsame Zeit gestern genossen. Als er sie zur Wohnungstür gebracht hatte, hatte Sharon ihn durch ihr erschöpftes Gähnen eingeladen, die Nacht bei ihr zu verbringen.

Knox war hereingekommen, um ihre taumelnden Schritte ins Bad zu lenken. Er hatte ihr den Badeanzug ausgezogen und sie unter die Dusche geschoben. Während sie sich das Seewasser abspülte, wartete er geduldig, um sie mit einem flauschigen Handtuch abzutrocknen und hatte anschließend ihr Nachthemd unter dem Kopfkissen hervorgezogen. Mit Cado und Dodi im Bett, hatte Knox sie auf die Stirn geküsst und ihre Hand gehalten, bis sie in den Schlaf gefallen war.

Sie vermisste ihn. Den Tag mit Knox zu verbringen, hatte so viel Spaß gemacht. Sie hasste es, allein zu sein. Knox war letzte Nacht nicht bei ihr geblieben. Sharon verstand, dass er das Boot hatte nach Hause bringen müssen und dass er ihr Zeit lassen wollte, aber in seinen Armen aufzuwachen, wäre so schön gewesen.

Heute musste sie zurück zum Haus am See fahren. Sharon würde ihre Wäsche mitnehmen und sich an der Erdnussbutter und den

Crackern aus der Speisekammer dort laben. Es tat gut, das Haus so aussehen zu lassen, als würde jemand darin wohnen.

Nachdem sie ihre Pläne geschmiedet hatte, schwang sich Sharon aus dem Bett. Sie rollte den Wäschekorb aus dem Schlafzimmer und blieb auf der Stelle stehen. An der Tür klebte ein einfaches weißes Blatt Papier, das in Herzform geschnitten war.

Knox

&

Sharon

Es war nicht ganz gerade und der Schriftzug ihres Namens am unteren Rand des Herzens war eingedrückt, aber ihre Augen füllten sich mit Freudentränen. Sie verwandelten sich in ein Lachen, als sie den Mülleimer betrachtete. Er war überfüllt mit deformierten Herzen.

Ein Bild von Knox, der über ihrem Küchenabfall stand und versuchte, das perfekte Herz auszuschneiden, tauchte in ihrem Kopf auf und brachte sie zum Kichern. Sie konnte sein ernstes Gesicht sehen, als er sich abmühte, diese bezaubernde Aufgabe zu erfüllen. Sharon wettete, dass er über das Aussehen des letzten Herzens geflucht, sich dann aber doch entschlossen hatte, es zu benutzen.

Nachdem sie ein paar gesunde Cornflakes gegessen hatte, die Knox in ihrem Schrank deponiert hatte, zog sich Sharon an und suchte nach den Schlüsseln, die sie die ganze Woche nicht benutzt hatte. Die Arbeit auf dem Edgewater-Campus machte es so einfach, zur Arbeit zu kommen. Kein Verkehr. Nur fröhliche, nette Menschen, die über die Grünfläche liefen.

Als sie mit ihrer Wäsche zu ihrem Auto ging, summte ihr Telefon.

Fährst du zum Haus am See?

Ja. Ich muss noch ein paar Klamotten besorgen.

Hast du gefrühstückt?

Ja, Daddy, tippte sie sarkastisch.

Das sind fünf Klapse für deine Frechheit. Schick mir eine SMS, wenn du mich brauchst. Sag mir Bescheid, wenn du zurückkommst.

Sie schickte ihm einen Emoji mit herausgestreckter Zunge.

Und noch einmal fünf. Sei vorsichtig. Du willst doch nächste Woche in dem nicht so bequemen Bürostuhl sitzen können.

Als sie ihr Auto erreichte, joggte Pete in seinem Polo von Edgewater Industries heran. „Hey, Pete! Wenn Knox dich geschickt hat, schwöre ich, dass ich Cornflakes zum Frühstück gegessen habe."

Der hingebungsvolle Daddy lachte. „Er hat mich gebeten, dich auf dem Parkplatz zu treffen. Nicht um die Frühstückspolizei zu spielen, sondern um das hier in deinen Kofferraum zu heben." Er hob den Wäschekorb auf und gab ihr ein Zeichen, den Kofferraum zu öffnen.

„Um Himmels willen! Ich könnte das allein heben!", protestierte sie.

„Lass deinen Daddy sich um dich kümmern. Das macht uns glücklich", antwortete Pete mit einem Augenzwinkern. Er stellte den Korb ins Innere des Autos und schlug den Kofferraum zu.

„Pete ..." Sharon zögerte. „Meinst du, es ist zu früh für mich, Knox in mein Leben zu lassen?"

Er wurde sofort ernst. Mit festem Blick sagte Pete: „Wenn mir etwas zustößt, möchte ich, dass Alan sich erholt und sein Leben genießen kann. Wenn das nicht der Fall ist, habe ich meine Aufgabe als Daddy nicht erfüllt und ihm nicht gezeigt, wie gut es ist, jemanden zu haben, der sich um ihn kümmert."

„So habe ich das noch nicht betrachtet. Dass Roger mir gezeigt hat, wie toll das Leben als kleines Mädchen sein kann und dass er der Grund dafür ist, dass ich wieder Liebe finden kann", flüsterte Sharon, während ihre Sorgen zu unbedeutenden Gedanken zerfielen.

„Ich glaube, Roger wäre glücklich über das Werk, das er hinterlassen hat. Außerdem hat er mir einmal am Tor gesagt, wie glücklich sich Edgewater Industries schätzen kann, einen Experten wie Knox zu haben, der alle Littles hier beschützt."

„Das hat er?" Sharon schnappte überrascht nach Luft.

„So ungewöhnlich ist das gar nicht. Das höre ich von allen Daddys", erzählte Pete. „Wir sind ein beschützender Haufen, und Knox ist der beste da draußen."

„Er ist auch ein toller Kerl."

„Das ist er. Also, fahr vorsichtig. Wann wirst du zurück sein? Die Meteorologen sagen für heute Abend Stürme voraus. Ich habe um fünf Uhr Feierabend, aber ich werde der nächsten Schicht Bescheid geben, dass sie nach dir Ausschau halten soll", sagte Pete ihr.

„Ich bin mir nicht sicher, aber spätestens um sieben. Ich will ausschlafen."

„Gute Idee. Du wirst eine anstrengende Woche haben. Ich höre überall auf dem Campus Gerüchte über deine Nachforschungen und Erfolge."

„Ich tue mein Bestes, um schnell wieder auf Kurs zu kommen. Danke, Pete. Ich weiß deine Hilfe zu schätzen", sagte Sharon, bevor sie sich hinter das Lenkrad setzte.

Pete klopfte zweimal auf den Kofferraum, bevor er sich umdrehte und zurück zu seinem Posten joggte. Die Sicherheitskräfte kümmerten sich engagiert um alle. Sie waren auch erstaunlich gut in Form - diese Jungs saßen nicht den ganzen Tag am Schreibtisch.

Sharon schaute hinter sich und fuhr vorsichtig aus ihrer Parklücke auf die Interstate. Sie genoss den strahlenden sonnigen Tag, als sie in Richtung See fuhr. Es war schon eine Weile her, dass sie diesen Weg jeden Tag zur Arbeit gefahren war. Neue Geschäfte und Gebäude entlang ihrer Route überraschten sie. Mit einem Kopfschütteln stellte Sharon fest, dass nichts von Dauer war. Alles und jeder veränderte sich. Entweder man entwickelte sich mit oder man blieb zurück.

Sharon beschloss, die schweren Gedanken hinter sich zu lassen, schaltete das Radio ein und tippte mit den Fingern auf das Lenkrad, während sie sich durch den leichten Verkehr schlängelte. Als sie in die Garage einfuhr, sang Sharon fröhlich vor sich hin, auch noch nachdem sie den Motor abgestellt und den Wäschekorb aus dem Kofferraum geholt hatte.

In der Tür zur Küche hielt sie inne. Eine Flut von Erinnerungen schoss ihr durch den Kopf, wie sie nach einem langen Tag durch die Tür kam und Roger beim Kochen des Abendessens fand. Er hatte sie immer mit einer festen Umarmung und einem Knutscher begrüßt. Seine „Küss den Koch"-Schürze hing noch immer am Haken in der Speisekammer.

Sharon schlang ihre Arme um sich und schickte eine mentale Botschaft der Liebe und des Dankes an Roger. Er hatte sich so gut um sie gekümmert. Zu ihrer eigenen Überraschung stellte Sharon fest, dass sie nicht traurig darüber war, dass er nicht da war, um sie zu begrüßen. Sie vermisste ihn, aber irgendwie waren die Erinnerungen glücklicher geworden.

„Das ist es, was du willst, nicht wahr, Roger? Dass ich mich an all den Spaß erinnere, den wir zusammen hatten und an die Liebe, die wir geteilt haben. Ich verspreche, dass ich mein Bestes tun werde, um mich darauf zu konzentrieren", verkündete sie dem leeren Haus.

Sie stürzte sich in die Arbeit und warf eine Ladung Wäsche in die Waschmaschine. Nachdem sie sich eine Tasse Kaffee gemacht hatte, nippte Sharon daran, während sie über die lange Auffahrt lief, um die Post zu holen. Der Briefkasten war überfüllt und sie wusste, dass sie die Adresse ihrer Wohnung registrieren musste, um sich ihre Post nachschicken zu lassen.

Sie schlenderte zurück und sortierte alles auf der Arbeitsplatte. Eine Visitenkarte purzelte auf den Boden. Als sie sie aufhob, entdeckte sie, dass sie einem örtlichen Makler gehörte, dessen Namen sie wiedererkannte. Er hatte seine Nummer hinterlassen, mit der Bitte, sie anzurufen. Ein Klient war auf der Suche nach einem Grundstück am See und der Makler wollte wissen, ob sie an einem Verkauf interessiert war.

Sharon trug den Zettel zum Auto, damit sie ihn nicht vergaß und legte ihn auf den Beifahrersitz. Sie würde ihn aufbewahren, nur für den Fall, dass sie sich zum Verkauf entschließen würde. Sie beschloss, sich zuerst um das Geschäftliche zu kümmern und durchwühlte ihren Kleiderschrank nach weiteren Outfits, die sie mitnehmen wollte. Da sie nicht alles zerknittern wollte, hängte sie alles an die Leiste bei der Tür zwischen Küche und Wohnzimmer. Sie würde es auf dem Weg nach draußen nicht vergessen können.

Nachdem sie die Wäsche gewechselt und ihre Feinwäsche zum separaten Waschen hineingelegt hatte, schlenderte Sharon durch das Haus. Sie fragte sich, was Knox wohl gerade tat, als sie ein altes, vertrautes Buch aus dem Bücherregal nahm und nach draußen ging, um sich in ihren Stuhl auf der Terrasse zu setzen.

Knox blickte aus dem Fenster auf die zunehmenden Wolken. Er rief die Wettervorhersage auf. Für die Umgebung wurde eine Unwetterwarnung herausgegeben. Die roten Flecken vor seinen Augen schienen zu wachsen.

Knox griff nach seinem Telefon und rief Sharon an. Als ihr Anrufbeantworter ansprang, hinterließ er eine Nachricht. „Roni! Schlechtes Wetter ist im Anmarsch. Du musst sofort nach Hause kommen. Ruf mich zurück."

Ohne auf einen Rückruf zu warten, schnappte sich Knox seine Schlüssel und ging zu seinem SUV. Vielleicht übertrieb er mit seiner Reaktion, aber er hatte eine seltsame Vorahnung, die ihm sagte, dass er sich beeilen musste.

Während der Fahrt versuchte Knox etwa alle zehn Minuten, Sharons Telefon zu erreichen. Immer noch keine Antwort. Was machte sie nur?

Ein Regentropfen auf ihrer Wange weckte sie auf. Instinktiv schirmte Sharon das Buch, das sie noch immer in der Hand hielt, gegen den eindringenden Regen ab. Der zackige Blitz, der den Himmel erhellte, ließ sie von ihrem Stuhl aufspringen und ins Haus rennen. Der folgende Donnerschlag erschütterte das Haus, als sie die Tür zuknallte. „Verdammt, das war knapp!"

Sie schaute aus dem Fenster und sah, wie dunkle, aufgewühlte Wolken den Himmel bedeckten. Ein weiterer Blitz ließ ihren Blick aus dem Fenster huschen. Sharon versuchte, sich daran zu erinnern, wo sie ihr Telefon liegen gelassen hatte. Der Trockner summte und ließ sie vor Schreck zusammenzucken.

Sharon lachte über sich selbst und lief auf der Suche nach ihrem Telefon genauso durch das Haus wie sie gekommen war. Sie ließ das Licht an, während sie versuchte, die Dunkelheit zu durchbrechen. *Wo ist es nur?* Verzweifelt und nervös wegen des tobenden Sturms drau-

ßen, ließ sie sich auf einen Stuhl am Küchentisch fallen, um nachzudenken.

Mit einem verhängnisvollen Knall gingen die Lichter aus, und der
Summer des Trockners verklang im Nichts. Wo hatte sie nicht nach-
gesehen? Sie hatte jeden Raum im Haus durchsucht. Sharon war
nirgendwo anders hingegangen als auf die Terrasse, ins Haus und
hinunter zum Briefkasten. Mit einem Stöhnen erinnerte sie sich
daran, wo es sein musste. Sie hatte die Visitenkarte in ihr Auto gelegt.
Vor ihrem inneren Auge konnte sie sehen, wie sie das Telefon auf das
Autodach legte, bevor sie sich hinunterbeugte, um die Karte auf den
Beifahrersitz zu werfen. Es musste noch da sein.

Als sie durch die Dunkelheit ging, fand sie den Türknauf für die
Garage und öffnete die Tür in die Dunkelheit hinein. Sharon zögerte
an der Tür. Sie hatte die Dunkelheit nie leiden können. Jetzt, ganz
allein mit dem tosenden Sturm, der alles übertönte, konnte sie nichts
sehen oder hören. Sie schluckte schwer und trat in die Finsternis.

Knox parkte seinen Geländewagen in der Einfahrt des dunklen
Hauses. Hatte er sie auf der Straße verpasst? Er versuchte es
noch einmal mit ihrem Telefon. Die Mailbox ging direkt an. Er wollte
nicht zurück in die Stadt fahren, bevor er sich vergewissert hatte, dass
sie nicht da war. Er schnappte sich eine große Taschenlampe aus dem
Handschuhfach und eilte durch den Regen zur Haustür.

Er klingelte und versuchte zu hören, ob es drinnen durch den
heulenden Wind klang. Knox drehte den Türknauf, um zu sehen, wie
er am einfachsten hineinkam, nur für den Fall, dass sie die Tür offen-
gelassen hatte. Mit Erfolg! Er trat in das düstere Innere und schüttelte
den Kopf, um den Regen abzuschütteln, der ihm ins Gesicht gefallen
war.

„Roni?"

Der Donner übertönte seinen Ruf. Methodisch ging Knox durch
alle Räume des Hauses, um sie zu suchen. Wo war sie nur?

„Roni?"

„Knox!" Er hörte das Zuschlagen einer Innentür und steuerte auf einen Raum zu, der die Küche sein musste.

„Ahhh! Lass mich los!"

Ihre verängstigten Schreie vor ihm ließen Knox mit voller Geschwindigkeit nach vorne stürmen. „Roni! Ich komme ja schon!"

Er hielt inne, als der Strahl des starken Lichts Sharon beleuchtete, die sich auf dem Boden wälzte, umgeben von zerknitterten Kleidern und Bügeln. Ein paar Kleidungsstücke hingen noch in der Türöffnung. Schnell fügte er das Puzzle in seinem Kopf zusammen.

Knox eilte zu ihr und legte die Taschenlampe auf den Boden, bevor er die um sich schlagende Frau in seine Arme schloss. Sofort schlang sie sich um ihn und vergrub ihr Gesicht in seiner Halsbeuge. Er verstand sofort, dass Sharon in ihrer Panik nicht in der Lage war, das Geschehen zu begreifen.

„Irgendetwas hat mich angegriffen!", warnte sie ihn.

„Es ist okay, Roni. Ich bin ja bei dir." Knox rieb ihr den Rücken, während er sie tröstend hin und her wiegte. Er spürte, wie ihr Herzschlag gegen ihn pochte und bemerkte die Finsternis in ihrem Haus. Sein kleines Mädchen mochte die Dunkelheit nicht.

„Was hat mich gepackt?", flüsterte sie. „Lass es dich nicht erwischen!"

„Ich glaube, wir sind in Sicherheit."

„Wie?" Sharon hob den Kopf und blickte über seine Schulter auf die verstreuten Kleiderbügel und Stoffe auf dem Boden. „Meine Kleider! Ich habe sie in der Tür aufgehängt, damit ich nicht vergesse, sie mitzunehmen. Als ich in sie hineinlief, fühlten sie sich wie Arme an, die mich packten."

„Ich wette, das war beängstigend", beschwichtigte er und verzog das Gesicht, um nicht zu grinsen.

„Wag es ja nicht, zu lachen!", warnte sie.

„Daran würde ich nicht denken, Roni. Ich bin nur froh, dass du in Sicherheit bist. Ich habe angerufen, um dich vor dem Sturm zu warnen."

„Ich habe mein Handy verloren. Ich habe es gesucht und mir ist eingefallen, dass ich es in der Garage gelassen habe, deswegen habe ich es geholt.", gab sie zu.

Sharon lehnte sich dicht an ihn heran und legte ihren Kopf auf seine Schulter. Ihre Arme legten sich um seinen Hals, als könne sie immer noch nicht glauben, dass er da war.

Knox schmiegte ihren Körper eng an seinen. Er konnte spüren, wie sich ihr Herzschlag an ihm verlangsamte. Er küsste ihre Schläfe.

„Du bist den ganzen Weg hierhergefahren, weil ich nicht ans Telefon gegangen bin?", fragte sie.

„Das bin ich."

„Ist der Sturm so schlimm?"

„Eine weitere große Wolke ist im Anmarsch. Lass uns einen guten Unterschlupf suchen, bis es vorbei ist", schlug er vor, setzte ihre Füße auf den Boden und nahm ihre Hand.

„Lass mich das alles mitnehmen." Sharon riss ihre Hand aus seiner und beugte sich vor, um ein zerknittertes Kleid aufzuheben.

Peng! Ein großer Gegenstand knallte auf das Dach. Das Geräusch hallte ein paar Sekunden lang durch die Stille, bevor ein weiterer Aufprall ertönte.

„Es hagelt, Roni. Es ist an der Zeit, dass wir an unserem sicheren Ort sind. Wo ist ein Innenraum ohne Fenster?"

„Der Kleiderschrank?", schlug sie vor.

„Das wird funktionieren." Knox schnappte sich die Taschenlampe und schleppte sie durch das Haus, als weitere Schläge ertönten.

„Dein Geländewagen!", sagte sie besorgt und steuerte auf die Eingangstür zu.

„Autos sind nicht wichtig. Hör auf den Wind, Roni", wies er sie an, während er einen Arm um sie legte und sie von den Füßen hob. Knox rannte durch das Haus zum großen Schlafzimmer. Er erriet, welche Tür der Kleiderschrank war, öffnete sie und entdeckte darin ein schwarzes Loch.

„Nimm die Taschenlampe, Roni. Geh schon mal rein."

Er setzte sie auf dem Teppich ab und drückte ihr das Gerät in die Hand. Mit einem festen Klaps auf den Po schickte er sie in den geschützten Raum. Er eilte zum Bett und schnappte sich die beiden großen Kissen und die Bettdecke, bevor er zu ihr kam. Knox ließ alles auf den Boden fallen und riss die Tür zu.

„Hast du hier drin Sportschuhe, Roni?", fragte er und schaute auf ihre Füße.

„Ja, sie sind hier drüben", versicherte Sharon ihm und beugte sich vor, um ein Paar Turnschuhe vom Boden aufzuheben.

„Setz dich und zieh sie an", wies er sie an, während er sich im begehbaren Kleiderschrank umsah.

Etwas schlug gegen die Hauswand und ließ Sharon zusammenzucken. Der Strahl der Taschenlampe huschte durch den engen Raum. „Was war das?"

„Wir werden herausfinden, was draußen passiert ist, wenn der Sturm nachlässt. Komm her, Roni. Ich muss dich festhalten." Er setzte sich auf den Teppich und streckte seine Hände aus.

Sharon nickte schnell und huschte zu ihm hinüber. Als sie sich neben ihn setzen wollte, schob Knox sie auf seinen Schoß. Als sich ihr Handy in seinen Oberschenkel grub, zog er es aus ihrer Tasche und legte es zur Seite. Er schnappte ihr die Schuhe aus der Hand und zog sie ihr schnell an die Füße, während sie sich an die Taschenlampe klammerte. Wenn das, was er vermutete, tatsächlich eintrat, wollte er nicht, dass ihre Füße durch Glasscherben gefährdet waren.

„Ist es ein Tornado?", fragte sie besorgt und rutschte von seinem Schoß, um so nah wie möglich bei ihm zu sitzen.

„Lass uns auf meinem Handy nachsehen, was los ist", schlug er vor. Knox zog sein Handy aus der Jacke, die er immer noch trug und wischte über das Display, um es zu entsperren. Er rief das Radar auf und schüttelte den Kopf.

„Das sieht schlecht aus. Ich bin eingeschlafen! Der Regen hat mich geweckt", flüsterte sie.

Er wusste, dass sie sich ärgerte, weil sie nicht auf die Gefahr, die sich zusammengebraut hatte, aufmerksam geworden war. „Dieser Sturm hat sich schnell entwickelt", sagte Knox, um sie zu beruhigen, während er die markante Hakenformation auf dem Radar bemerkte, die weit mehr als nur ein schweres Gewitter anzeigte.

Knox rief die lokale Wetterstation auf und wählte die Live-Übertragung.

„Wenn Sie sich in dieser Gegend befinden, suchen Sie sofort Schutz. Es wurde ein Tornado zehn Meilen vom Seegebiet entfernt gesichtet, der sich mit hoher Geschwindigkeit nähert. Alles deutet darauf hin, dass sich hinter diesem ersten Tornado weitere entwickeln. Bleiben Sie an Ihrem sicheren Ort, bis alles vorüber ist. Es gibt Berichte über Überschwemmungen mit umfangreichen Schäden."

„Knox!"

„Ich weiß, Roni. Es ist beängstigend. Aber wir sind zusammen hier."

„Danke, dass du gekommen bist!"

„Ich würde nirgendwo anders sein wollen", versicherte er ihr und steckte sein Handy zurück in die Jackentasche. „Ich glaube, wir sollten die Taschenlampe ausschalten, um die Batterie zu sparen, Roni. Kannst du tapfer sein?"

Er beobachtete, wie sie auf die Taschenlampe in ihren Händen blickte. Sie leuchtete mit dem Strahl in den geschlossenen Raum, um sich zu vergewissern, dass alles sicher war, bevor sie sie ihm reichte. Knox knipste den Schalter aus und legte das Gerät neben seinen Oberschenkel. Er wollte es sofort finden können, wenn er es brauchte.

Das Geräusch von Gegenständen, die gegen das Haus schlugen, hallte durch den Schrank, während draußen der Wind heulte. Knox lauschte auf den Unterschied zwischen dem dumpfen Aufprall des Hagels und dem schabenden Geräusch anderer Dinge, die vom Wind bewegt wurden. Der Regen prasselte in Strömen auf das Gebäude.

„Ich muss auf die Toilette", gestand sie an seinem Ohr. Sie konnten sich nur hören, wenn sie sich sehr nahe waren.

„Lass uns an andere Dinge denken", schlug er vor. „Hier ist dein Handy. Spiel alle meine Nachrichten ab."

„Hast du oft angerufen?", fragte sie und aktivierte den Bildschirm.

„Vielleicht drei oder vier Mal."

„Knox! Hier sind elf Nachrichten."

„Oder vielleicht elfmal."

Er beobachtete, wie sie eine Nachricht nach der anderen auswählte und das Telefon an ihr Ohr hielt, um sie abzuhören. Knox konnte seine Stimme murmeln hören, als er wiederholt versuchte, sie zum Antworten zu bewegen.

„Du klingst besorgt."

„Kleine Mädchen sollten ihre Daddys nicht beunruhigen."

„Willst du wirklich mein Daddy sein?"

„Mehr als alles andere, was ich mir jemals auf der Welt gewünscht habe. Kannst du dir mich als deinen Daddy vorstellen?"

„Ja."

„Komm her, kleines Mädchen." Er hob sie auf seinen Schoß und drückte sie an sich. Knox presste seine Lippen auf ihre und ließ seine Gefühle in den Kuss einfließen. Das Telefon fiel ihr aus der Hand und landete auf dem Teppich. Sharon schlang ihre Arme um seinen Hals, um ihm näher zu kommen und ihn zu reizen.

Als er seinen Mund hob, suchte ihr Mund den seinen, um mehr Küsse zu bekommen. Knox war froh, ihr nachgeben zu können. Während er sie kostete, neckte Knox ihre Zunge und ermutigte sie zu einer Antwort. Er strich ihren Brustkorb hinauf, um die Seite ihrer Brust zu streicheln und freute sich über ihr erregtes Zittern. Er umfasste die herrliche Erhebung und fuhr mit einer Fingerspitze über ihre straffe Brustwarze, so dass sie in seinen Mund keuchte.

Das Geräusch draußen wurde lauter und lenkte ihre Aufmerksamkeit zurück in die Gegenwart. Es hörte sich an wie das Dröhnen eines Zuges auf den Gleisen über ihren Köpfen. Rasch drückte Knox Sharon flach auf den Teppich. Er warf sich über sie und griff nach den Kissen und Decken, um ihre Köpfe und Körper vor herabfallenden Trümmern zu polstern und zu schützen.

„Das Dach fliegt weg!", schrie Sharon, als sie unter seinen Körper griff, um die große Taschenlampe zu ergreifen.

Knox konnte spüren, wie der Wind auffrischte. Er betete mit jeder Faser seines Wesens, dass es seiner Kleinen gut gehen würde. Er hatte sie gerade erst gefunden. Das Schicksal würde nicht so zerstörerisch sein und ihn davon abhalten, sie zu beschützen. Er streckte sich aus und stützte sich mit Füßen und Händen an den Wänden ab, während die Zeit unglaublich langsam zu vergehen schien.

Ein reißendes Geräusch erreichte sie von der anderen Seite der Schranktür. Knox wusste, dass mindestens eine Wand oder das Dach des Schlafzimmers weggeflogen sein musste. Der Sog drückte die Tür gegen den Rahmen. Mit einem Krachen riss der gesamte Abschnitt ab. Knox, der nun dem stürmischen Wind ausgesetzt war, kämpfte darum, sich über Sharon zu halten.

„Bitte! Bitte! Bitte!", flüsterte Sharon in den Wind. Sie drückte die Taschenlampe unter ihre Brust und ließ sie in der Mulde zwischen ihren Brüsten liegen. Als der Wind sie nach oben zerrte, krallte sie ihre Finger in den Teppich und hielt sich mit aller Kraft daran fest. Knox drückte sich über ihren Körper. Seine Muskeln bäumten sich vor Anstrengung auf, um sie in Sicherheit zu halten, während der Wind versuchte, sie einzusaugen. Er drückte sogar ihre Schulter mit seinem Kopf auf den Boden.

In einem Wirbel von Stoffen rissen Luftböen die Bettdecke weg. Die Kissen waren weg, bevor sie es überhaupt registrieren konnte. Sie konnte den Aufprall an seinem Körper spüren, als zufällige Dinge auf Knox einschlugen und sich auch in ihre ungeschützte Haut bohrten. Etwas Schweres traf Knox in der Dunkelheit und ließ sie aufschrecken, als Sharon den lauten Aufprall sogar über das Tosen des Windes hinweg hörte und spürte, wie sich sein Körper gegen ihren warf. Knox nahm stillschweigend alles auf sich, was der Sturm ihm entgegenwarf, um sie zu beschützen.

Sie wollte sein Gesicht sehen, um sich zu vergewissern, dass es ihm gut ging, aber sie konnte ihre Augen nicht öffnen. Den Teppich loszulassen würde bedeuten, dass er mehr von ihrem Gewicht halten müsste. Es gab nichts, was sie tun konnte, um nach ihm zu sehen. Sharon betete aus ganzem Herzen, dass der Sturm aufhörte, dass Knox unverletzt blieb und dass sie nicht wieder jemanden verlor, der ihr so wichtig war.

Uff! Knox' Gewicht landete auf ihr, als der Wind plötzlich abflaute. Sofort drehte er sich zur Seite, damit sie Luft holen konnte.

„Roni! Geht es dir gut?" Seine Hände glitten über ihren Körper, suchten nach Verletzungen.

„Mir geht's gut. Ich habe gespürt, dass dich etwas getroffen hat." Sie drehte sich zu ihm um und schlug seine Hand weg, bevor sie sich an Knox' breite Schultern drückte. „Lass mich aufstehen. Ich muss sehen, ob es dir gut geht."

„Es geht mir gut."

Sharon versuchte es erneut. Knox rührte sich nicht. Es war, als würde man ein Nashorn schubsen - ein hübsches Nashorn, wohlgemerkt, aber ein störrisches. Sie lachte über das Bild in ihrem Kopf, wohl wissend, dass die Erleichterung sie übermütig machte.

„Ich werde nicht einmal fragen, was dir durch den Kopf geht, Kleines", lachte er mit ihr, bevor er sie innig küsste.

Sharon schlang ihre Arme um seinen Hals und klammerte sich an seinen Körper, um ihm zu zeigen, wie sehr sie ihn mochte. Dort, in den Trümmern ihres Traumhauses, schwor sie sich, das Leben in vollen Zügen zu genießen, ohne etwas zu bereuen. Nichts anderes als Knox war jetzt wichtig.

Knox half ihr, aus den letzten Überresten des Kleiderschranks in ihrem und Rogers Haus zu treten. Sharon schaute sich mit Tränen in den Augen um. All die wertvollen Erinnerungen an ihr Leben waren vom Wind irgendwohin getragen worden.

Er lenkte sie zu einem freien Platz und öffnete ihre Hose. Knox half ihr, das Gleichgewicht zu halten, und stützte sie, als sie ihre Blase erleichterte. Selbst nach all dem Tumult hatte er sich daran erinnert, dass sie pinkeln musste und sich ohne Aufhebens um sie gekümmert.

Mit einem Kuss auf die Stirn schlug er vor: „Schau dich um und sieh, was du findest, Roni."

Seltsame Dinge blieben zurück. Ihre Kommode war in die ehemalige Küche geschoben worden. Sharon ging vorsichtig über das zerbrochene Glas, um eine Schublade zu öffnen. Ihre Unterwäsche war noch drin - nur zur Seite geschoben, als hätte eine riesige Hand sie umgestoßen. Wenigstens würde sie noch Unterwäsche haben. Dieser Gedanke war tröstlicher, als er hätte sein müssen.

Eine Bewegung zur Seite ließ sie aufhorchen, und sie sah, wie Knox sich an dem Wrack eines Baumes hochzog, der von seinen Wurzeln abgesplittert war. „Was machst du da?", rief sie, besorgt, dass er sich in seinem angeschlagenen Zustand verletzen könnte.

„Hier oben ist etwas." Er kletterte auf einen Ast und streckte sich so hoch wie möglich, bevor er sich auf einen anderen Ast stellte, um sich noch höher zu recken. „Ich hab's", meldete er.

Sie beobachtete, wie er sich einen schmuddeligen weißen Ordner unter den Arm klemmte, bevor er herunterkletterte. Sharon eilte zu ihm hinüber, als er ihn öffnete. „Knox? Was hast du gefunden?"

„Ich habe mich gefragt, ob wir das Glück haben würden, so etwas zu finden", antwortete er, während er den Ordner umdrehte, damit sie ihn sehen konnte. Ein Foto von ihrem Hochzeitstag lag unter einem zerrissenen Stück Schutzfolie. Es war nicht in bester Verfassung, aber er hielt es in seinen Händen.

Tränen liefen ihr über die Wangen, als sie den Rand des Fotos abtastete. Roger, jung und gesund, schaute so glücklich drein, während sie vor dem Anschneiden der Torte posierten. Das wertvollste ihrer Erinnerungsstücke war nicht verloren gegangen. Sie sah zu Knox auf und wusste nicht, was sie sagen sollte. Er war gekommen, um etwas zu retten, das ihr so viel bedeuten würde.

„Danke", flüsterte sie, unfähig, mehr zu sagen.

Er reichte ihr das Album, bevor er sie in seine Arme nahm. „Gern geschehen, meine Kleine. Mal sehen, was wir noch finden." Sie suchten noch immer, als der Wagen des Sheriffs mit Blaulicht die Einfahrt hinunterrollte.

„Seid ihr zwei okay?", rief er.

„Er ist ziemlich ramponiert", berichtete Sharon.

„Unten an der Straße gibt es eine medizinische Versorgung. Lassen Sie mich Sie dorthin bringen", bot der Sheriff an und stieg aus dem Auto.

KAPITEL 11

Sharon blickte zurück auf die letzte noch stehende Wand ihres Hauses, als der Rettungswagen sie zum Bereitstellungsraum brachte, wo sie vom medizinischen Personal untersucht wurden. Wie sie das überlebt hatten, wusste sie nicht.

„Hast du dein Handy, Roni?", stichelte Knox, als er sein Hemd auszog, damit die Sanitäter die Blutung auf seinem Rücken behandeln konnten.

Sie ließ sich nicht von ihm ablenken, als sein zerschundener Oberkörper zum Vorschein kam. „Knox!"

„Wow! Ich fürchte, Sie werden das noch lange Zeit spüren. Ich werde nach offensichtlichen Knochen- oder Rippenbrüchen suchen, aber Sie müssen wirklich ins Krankenhaus zum Röntgen", riet der Sanitäter, bevor er hinzufügte: „Hier ist eine lange Wunde, die genäht werden muss."

„Kleben Sie die einfach für mich zusammen." Knox holte tief Luft und zuckte leicht zusammen. „Keine Rippen sind gebrochen. Ich verspreche, dass ich bei Bedarf ins Krankenhaus gehen werde. Es wird sicher gerade von Leuten überrannt, denen es schlechter geht als mir."

Der Sanitäter nickte. Er hatte an diesem Morgen schon mehrere ins Krankenhaus geschickt. „Sie sind eine Bestie, wenn Sie so viel einstecken können."

„Ein Nashorn", schlug Sharon vor und Knox sah sie mit einem Lachen in seinem Blick an. Es war fast so, als könne er ihre Gedanken lesen.

„Ja, du müsstest die Haut eines Nashorns haben, um eine solche Tortur zu überstehen."

„Roni, nimm mein Telefon und ruf Easton an. Er hat mir schon ein Dutzend Mal eine Nachricht geschickt", wies Knox sie an.

Als sie sich entfernte, um seine Anweisungen zu befolgen, hörte Sharon den Kommentar des Sanitäters: „Ich schätze, Sie haben etwas Wertvolles geschützt."

Knox' Antwort ging ihr direkt unter die Haut.

„Nichts könnte wichtiger sein als Roni."

Die Tage danach waren ein Wirrwarr von Versicherungsvertretern und Gutachtern gewesen. Ein Trupp von Mitarbeitern von Edgewater Industries war am Tag nach dem Sturm aufgetaucht, um zu helfen, darunter Easton und Piper, Elaine und Fane und einige weitere Littles und Daddys. Easton hatte allen, die helfen wollten, einen freien Tag gewährt. Sharon war erstaunt über die vielen Leute, die gekommen waren, um die Trümmer zu durchkämmen, und sie war ihnen sehr dankbar für ihre Unterstützung. Es wurden einige weitere Schätze gefunden, aber nichts, was an die besonderen Erinnerungen heranreichte, die Knox aus jenem Baum gezogen hatte.

„Ich fürchte, es ist ein Totalschaden, Ma'am", verkündete der Sachverständige. „Sie hatten Glück, dass Sie den Sturm in diesem Schrank überstanden haben, ohne verletzt zu werden. Die gute Nachricht ist, dass Sie einen guten Versicherungsschutz haben. Sie werden ein vergleichbares Haus wieder aufbauen können, an dem Sie noch viele Jahre Freude haben werden."

„Danke, dass Sie so schnell gekommen sind, um sich das anzusehen. Lassen Sie mich wissen, was ich tun muss", forderte sie den Versicherungsvertreter auf.

„Ich melde mich wieder. Als Erstes sollten Sie einen seriösen

Bauunternehmer Ihres Vertrauens finden, der sich um die letzten Abrissarbeiten kümmert und die Vorbereitungen für den Neubau trifft. Wenn Sie ein paar Namen brauchen..."

„Ich würde liebend gern wissen, wen Sie empfehlen. Könnten Sie mir eine E-Mail mit Ihren Vorschlägen schicken?", fragte sie.

Innerhalb weniger Minuten fuhr er zum nächsten Haus, um dessen Zustand zu beurteilen. Mehrere ihrer Nachbarn hatten ebenfalls Schäden erlitten, auch wenn die meisten Einschläge nicht so gravierend waren wie die von Sharons Haus. Es hatte sich in der direkten Schneise des Sturms befunden.

„Was denkst du, Roni?"

„Ich werde das Haus wieder aufbauen und verkaufen. Ich hatte schon darüber nachgedacht, ob ich überhaupt hier leben könnte. Jetzt, wo das Haus weg ist, fällt mir die Entscheidung leichter."

„Du musst dich heute nicht entscheiden, Kleine", warnte er.

„Ich weiß. Aber danke. Ich würde gerne mit dir darüber reden, aber ich glaube, meine Entscheidung steht fest."

„Dann lass uns ein letztes Mal nachsehen, was wir finden können."

Die Crew hatte bereits ein paar Kleidungsstücke von ihr und Roger gefunden. Seine Seite des Schranks hatte sie noch nicht ausgeräumt. Sharon würde die Männerkleidung waschen und stiften. Knox würde in die Sachen von Roger nicht hineinpassen. Sie vermisste ihr Telefon und ihre Kuscheltiersammlung. Diese würden ersetzt werden müssen. Zum Glück waren Dodi und Cado in ihrer Wohnung sicher.

Eine Woche später waren die meisten von Knox' blauen Flecken zu leuchtenden lila, roten und blauen Farbtönen aufgeblüht. Als er nach dem Duschen nur in ein Handtuch gehüllt vor ihr stand, hatte Sharon fast Angst, ihn zu berühren. Keiner von ihnen konnte sich von dem anderen trennen. Knox war bei Sharon in ihrer Wohnung im B-Turm geblieben, oder er hatte sie jeden Abend zu seinem Haus auf dem Edgewater-Gelände mitgenommen.

Sharon umarmte anstelle von Knox ihr neuestes Stofftier, aus Angst, dass sie ihm wehtun könnte. Es war ein Plüschhandy mit

Augen und Wimpern auf dem Display. Sie liebte Moblette bereits. Knox hatte nur mit den Augen gerollt, als sie versprach, das Handy nicht zu verlieren.

„Es sieht schlimmer aus, als es ist, Roni", versicherte er ihr, während er seine Arme um sie schlang.

„Das glaube ich dir nicht", erwiderte sie und zeichnete einen marmorierten Fleck auf seiner Schulter nach.

„Dann muss ich dich eben überzeugen."

Knox hob Sharon auf seine Arme und trug sie zu dem unordentlichen Bett, das sie erst vor einer Stunde verlassen hatten. Er legte sie in die Mitte der Matratze und streckte sich neben ihr aus, um die empfindliche Stelle an ihrem Hals zu küssen, so wie sie es liebte.

Sharon schmiegte sich an seinen Körper. Er war ihr Fels - nicht nur körperlich, sondern auch emotional. Er war in ihr Leben getreten, um sie zu unterstützen, ohne etwas dafür zu verlangen. Ihr natürliches Zögern, sich auf eine Beziehung mit einem anderen Mann einzulassen, war verflogen, als Knox sich selbstlos um sie gekümmert hatte. Knox hatte nur den Wunsch gehabt, jetzt der wichtigste Mann in ihrem Leben zu sein.

„Ich liebe Sie, Daddy."

Bei ihren geflüsterten Worten flammte das Verlangen in seinem Blick noch stärker auf. Sie hatten viel Zeit damit verbracht, herauszufinden, was sie voneinander in dieser Beziehung brauchten. Sharons Gefühle für diesen wunderbaren Mann wurden jeden Tag stärker.

„Machen Sie Liebe mit mir, Daddy."

Knox eroberte ihre Lippen. Er ließ seine Gefühle in den Kuss einfließen und hielt sich nicht zurück. Dieser leidenschaftliche Austausch schürte ihr Verlangen und ließ sie an nichts anderes mehr denken als an sich selbst. Seine Hände strichen über sie, als sich die ganze sexuelle Spannung, die sich zwischen ihnen aufgebaut hatte, entlud.

Sharon reagierte sofort auf seine Liebkosungen, als sie sich gegen seinen harten Körper presste. Sie spürte, wie sie feucht wurde, als sie über seine noch nasse Haut streichelte. Unverfroren zerrte sie an dem Handtuch um seine Hüften, als ihre Hände die Barriere erreichten.

Mit einem Stöhnen hob er seinen Körper von ihrem und riss den Stoff von sich.

Sie strich die Vorderseite seines Oberkörpers hinunter und bewunderte seine Gestalt die wie in Marmor gemeißelt erschien, trotz der deutlichen Blutergüsse. Sie ließ ihre Finger tiefer gleiten und schlang ihre Hand um seinen dicken Schaft, der sich zu Stahl verhärtete.

„Zieh dich jetzt aus, Kleines", befahl er und riss ihr Nachthemd vom Saum bis zum Hals mit einer beeindruckenden Muskelschau auf.

Knox starrte auf ihre Nacktheit, die sich ihm darbot, bevor er seinen Mund zu einer purpurnen Brustwarze senkte. Er saugte sie kräftig in seine Hitze und quälte sie mit sinnlichen Zungenschlägen über die harte Spitze. Sein dicker Bart raspelte gegen die weiche Haut ihrer Brust in einer erregenden, prickelnden Liebkosung.

Sharon wölbte sich aus den Fetzen ihrer Kleidung und reckte ihren Körper gegen ihn, um ihren Hügel an seinem Schwanz zu reiben. „Bitte, Daddy", flehte sie.

„Ich will das nicht überstürzen, Kleines. Ich habe vor, jeden Zentimeter von dir zu kosten", knurrte er, während er sich einen leidenschaftlichen Pfad zu ihrer vernachlässigten Brustwarze küsste und seine sinnliche Tortur an dieser Brust wiederholte.

Als er weiter nach unten gelangte, streifte Knox mit seinen Zähnen den unteren Rand ihrer Brust. Seine Hände umspannten ihren Brustkorb und hielten sie mit Leichtigkeit fest, während er seine Knie zwischen ihre Beine schob. „Verdammt, du bist umwerfend, Roni. Ich liebe es, wenn du unter mir liegst."

Er löste eine Hand von ihrem Brustkorb, um von einem ihrer Knie aus eine Linie entlang ihres empfindlichen Innenschenkels zu ziehen. Als er die Feuchtigkeit spürte, die ihre Muschi bedeckte, hob Knox einen Finger zu seinen Lippen, um sie zu kosten.

Sharon hielt den Atem an, als seine Zunge über seine Fingerspitze leckte. Der pure animalische Akt ließ ihr Herz schneller schlagen.

„Mmm, herrlich."

Knox ließ sich zwischen ihren Schenkeln nieder. Seine breiten Schultern zwangen sie, ihre Beine weit zu spreizen, was einen intimen Blick auf ihre rosa Falten ermöglichte, während er seine andere Hand auf ihren Schenkel legte. Sie zuckte zusammen, in Erwartung der Empfindungen, mit denen er sie überhäufen würde. Die kurze Pause, in der er sie ansah, weckte in ihr noch mehr Verlangen nach ihm.

Schließlich senkte er seinen Mund auf ihre Muschi. Nachdem er ihr einen feurigen Kuss auf die Innenseite ihres Oberschenkels gedrückt hatte, fuhr Knox mit seiner Zunge von der Spitze ihrer Spalte abwärts, um ihr empfindliches Nervenbündel zu umspielen. Während er leicht daran saugte, stach Knox' Bart in ihre zarte Haut. Die Mischung aus Vergnügen und ein wenig Schmerz wirbelte in ihr auf.

Als er seine Zunge in ihren durchnässten Eingang drückte, strich sein Schnurrbart über ihren Kitzler und ließ sie vor Lust aufstöhnen. Sharon schloss die Augen, um sich auf die Empfindungen zu konzentrieren und presste sich mit einem Schrei nach oben, um sich fest gegen seinen Mund zu stemmen, während seine Zunge in sie hinein glitt und die Leere in ihr ausfüllte.

„Du kommst wunderschön, Roni. Mach es noch einmal, meine Süße", befahl er, während er zwei dicke Finger in sie gleiten ließ.

Sie hatte Mühe, sie in sich aufzunehmen, da die Kontraktionen von ihrem Orgasmus noch anhielten. Als Knox sie in sie schob, während er an den empfindlichen Stellen knabberte, die er entdeckt hatte, raubte ihr das Brennen der Dehnung den Atem.

„Das ist mein kleines Mädchen. Du magst ein bisschen Schmerz zu deinem Vergnügen, nicht wahr, Roni?"

„Nein ..." Sie versuchte, die Wahrheit zu leugnen und schüttelte verzweifelt den Kopf. Er konnte doch nicht alle ihre Geheimnisse kennen.

Seine Finger glitten von ihrem Körper und Knox spankte ihre Muschi. Keuchend versuchte sie, ihre Beine zusammenzuziehen, aber sein Oberkörper füllte den Raum zwischen ihnen aus. Als seine Hand zum zweiten Mal so intim auf ihr landete, durchfuhr sie ein Schauer der Lust. Sharon sah zu Knox' Gesicht auf, als seine Hand ein letztes Mal auf sie schlug. Sein grimmiger Blick zwang sie, ihm die Wahrheit zu sagen.

„Ja, Daddy. Sie wissen zu viel", wimmerte sie, während seine Hand gegen sie drückte und Sharon am Rande eines weiteren Höhepunkts hielt. Sie griff nach seiner Hand, als er sie anhob, um die Empfindungen etwas abklingen zu lassen.

„Hände über den Kopf, Roni", befahl er und lächelte, als sie sie zurück auf das Kissen warf, auf dem ihr Kopf ruhte.

„Braves Mädchen. Ich denke, du hast dir eine Belohnung verdient."

Ohne Vorwarnung zwickte Knox ihre Klitoris.

Sharons Finger krallten sich in das Kissen, während sich ihr Brustkorb nach oben wölbte und die Lust erneut durch ihren Körper strömte. Sie versuchte, die Empfindungen zu überleben, die sie überfielen, während seine Hände über ihren Körper wanderten. Sie gehörte ihm. Ihr Daddy hatte die volle Kontrolle.

Knox beugte sich über sie, um etwas aus dem Nachttisch zu holen. Nach dem Knistern einer Verpackung spürte sie, wie die breite Spitze seines Schwanzes gegen ihre Öffnung drückte. Mit einer Hand hielt er sie an der Matratze fest und verhinderte so, dass sie versuchte, vorschnell zu ihm vorzudringen. Langsam schob sich Knox in sie hinein, füllte den ganzen leeren Raum aus, bis er an ihre Gebärmutter stieß.

„Bitte", flehte sie und wollte, dass er sich bewegte.

„Shh, Roni. Daddy hat das Sagen."

Knox zog sich langsam aus ihrem Körper zurück, nur um sich dann mit einem bedächtigen Gleiten wieder in sie hineinzuschieben. Sharons Körper strömte vor Säften über, als er über ihre empfindlichen Stellen strich. Allmählich, als sie sich um ihn herum entspannte, beschleunigte Knox seine Stöße.

„Darf ich Sie berühren?", fragte sie verzweifelt und musste sich an ihm festhalten.

„Ja, Baby. Halt dich an Daddy fest." Er stützte sein Gewicht auf einen Arm, während er mit dem anderen ihren Po umfasste, um sie zu seinen eindringenden Stößen zu ziehen.

Ihre Hände strichen über seine Brust, bevor sie seine Schultern ergriff, während er sich immer schneller in ihr bewegte. Als Knox eines ihrer Beine anhob, um es um seine Taille zu legen, bewegte sie das andere und stöhnte, als sein dicker Schwanz ihre Klitoris streifte.

Schweiß überzog bald ihre Haut, als sie sich aneinanderpressten. Der Raum füllte sich mit dem erdigen Duft ihres Liebesspiels, während er sie dazu brachte, mehr zu fühlen, als sie je für möglich gehalten hatte.

Sharon drückte Küsse auf seine salzige Haut. Sie liebte es, die Veränderung in seinem Atem zu hören, während sie ihn streichelte. Knox verbarg seine Reaktionen auf ihre Berührungen nicht. Als sie eine kleine Stelle in seiner Halsbeuge entdeckte, die ihn ihren Namen seufzen ließ, prägte sie sich diese Stelle ein, bevor sie sich auf die Suche nach einer anderen machte.

Immer wieder kam sie um ihn herum zum Höhepunkt, bis sie schließlich schlaff unter seinem Körper lag. „Los, Knox. Finde dein Vergnügen", drängte sie.

„Noch einmal, kleines Mädchen. Wir kommen zusammen", befahl er, als er vor ihr auf die Knie ging.

Seine fordernden Stöße zwangen sie, sich ihm anzuschließen, während er ein sinnliches Netz um sie wob. Mit einem Schrei explodierte ihr Körper erneut. Diesmal erfüllte sein Schrei den Raum, als sein Schwanz in ihr anschwoll. Die Hitze verstärkte sich, als er das schützende Kondom füllte.

Als er schließlich auf das feuchte Laken unter ihnen zusammensackte, entledigte sich Knox der Hülle, bevor er Sharon an sich drückte. „Meins", knurrte er, als sei er wirklich der Bär, dem er so sehr ähnelte.

Sie lächelte gegen seine Brust, bevor sie ihre Augen schloss. Geborgen in seinen Armen schlief Sharon erneut ein, während ihre Hand auf seinem starken Herzschlag ruhte.

KAPITEL 12

Sharons Ersatztelefon surrte mit einer eingehenden Nachricht. *Zeit zu gehen, kleines Mädchen.*

Sie schaute auf die Uhr und zurück auf die Akte, die sie vor ihrer Abreise an diesem Abend noch fertigstellen wollte, bevor sie zurückschrieb: *Noch zehn Minuten.*

Nicht elf, antwortete er warnend.

„Roni." Knox sagte ihren Namen, um ihre Aufmerksamkeit von der Akte, an der sie arbeitete, abzulenken. Sie blickte auf, um ihn in der Mitte ihres Büros stehen zu sehen.

„Hey, Knox. Ich bin in fünf Minuten damit fertig."

„Du bist jetzt fertig, Kleines."

Ihr Blut kochte über. Knox mochte ihre Zeit außerhalb des Büros kontrollieren, aber hier hatte sie das Sagen. „Ich sagte, ich bin in ein paar Minuten fertig."

„Schau auf die Uhr."

Sie warf einen flüchtigen Blick auf die Uhr, bevor sie sich wieder auf ihre Arbeit konzentrierte. Es war nach sieben Uhr. Sharon hatte schon längst Feierabend.

„Ich habe die Zeit vergessen. Ich wollte das für Montag fertig machen. Es ist superwichtig. Ich habe eine Lösung für das Problem entworfen, auf das mich Alan bei der Wartung aufmerksam gemacht hat. Ich muss nur noch diese E-Mail fertigstellen", beeilte sie sich zu erklären.

„Speichere sie."

„Wirklich, ich bin in ein paar Minuten fertig."

„Letzte Chance, deine Arbeit zu speichern", sagte er entschieden.

Sharon befolgte umgehend seine Anweisungen. In dem Moment, als ihre Hände die Tastatur verließen, schaltete Knox ihren Computer aus. Als sie ihn ungläubig ansah, wies er sie an: „Steh auf, Roni. Beuge dich über deinen Schreibtisch."

„Sie können mir hier nicht den Hintern versohlen, Knox. Das würden die Leute nicht verstehen."

„Niemand außer dem Roboter ist in einem der umliegenden Büros. Gerade jetzt wirft er Akten in die Verbrennungsanlage. Rüber zum Schreibtisch, Kleine", befahl er und schloss ihre Tür. Der Blick, den er ihr zuwarf, als er zurück zu ihr schritt, drängte sie in ihren Little Space.

„Daddy, versohlen Sie mir nicht den Hintern. Ich habe nur das Zeitgefühl verloren."

„Und deinen Daddy geärgert", erinnerte er sie.

„Es tut mir leid?", bot sie an und zappelte in ihrem Stuhl.

„Wenn ich dich in Position bringen muss, wird es dir leidtun", warnte er.

„Ich will nicht versohlt werden", jammerte sie.

„Ich weiß."

Knox beobachtete sie nur. Sharon überlegte, was sie als nächstes tun sollte. Sie liebte es, wie Knox sich um sie kümmerte. Er war eine stabile Größe in ihrem Leben geworden und sie würde es nicht anders wollen. Knox verwöhnte sie mit unendlicher Zuneigung und Fürsorge und sorgte gleichzeitig für die Struktur, die sie in ihrem Alltag brauchte.

Sie stand langsam auf und überlegte, wie sie die drohende Strafe verhindern konnte. Ein Stöhnen entwich ihren Lippen, als sie sich aufrichtete, nachdem sie so lange gesessen hatte. Schuldbewusst begegnete sie Knox' wissenden Augen.

„Okay, ich gebe es zu. Ich hätte schon vor einer Stunde gehen sollen."

Wortlos hob Knox eine Augenbraue.

Sharon wartete ein paar Sekunden lang. Er könnte seine Meinung ändern. Das tat er nicht.

Sie schob ihren Oberkörper über den Schreibtisch und senkte sich ganz langsam, in der Hoffnung, dass er sie aufhalten würde. Als sie nur noch wenige Zentimeter über dem Tisch schwebte, wies Knox sie an: „Brüste auf den Tisch, Roni. Mach es dir bequem."

‚Das klingt ja gar nicht so schlimm', schoss ihr durch den Kopf. Sharon presste die Lippen zusammen, um das nicht laut auszusprechen.

Während sie noch über die Konsequenzen dieser Aussage nachdachte, griffen seine Hände an die Seiten ihres schmalen Rocks und schoben ihn langsam nach oben. Die Klimaanlage wirbelte um ihr Fleisch und ließ ihre zuvor bedeckte Haut frösteln. Sharon zitterte, halb als Reaktion auf seine Handlungen und halb aus Vorfreude. Sie zweifelte nicht daran, dass Knox sie gründlich bestrafen würde und dass er sie davon überzeugen würde, seine Dominanz zu genießen.

„Wer ist denn der neue Mitarbeiter in der Technik, Roni?", fragte er im Plauderton, ließ ihren Rock um ihre Taille zerknittert zurück und hakte seine Finger hinten in ihren Slip.

„Ähm ... ich weiß es nicht", stammelte sie und versuchte, sich auf seine Worte zu konzentrieren, während er das Stück Spitze bis zu ihren Knien herunterzog.

„Dann war es wohl nicht so wichtig, Kleines", bemerkte er und fuhr mit einer warmen Hand über ihre kühle Haut.

„Nein. Es war dumm, Knox. Ich hätte schon vor ein paar Stunden aufhören sollen", versuchte sie ihn zu beschwichtigen.

„Daddy", korrigierte er sie sanft. „Nenn mich Daddy, Roni."

„Daddy", wiederholte sie sofort.

„Braves Mädchen." Er fuhr fort, ihren Po zu streicheln, wobei er ihre Aufmerksamkeit ganz auf sein Ziel richtete. „Mal sehen. Du kümmerst dich nicht um dich selbst. Das ist mindestens fünf Hiebe wert. Ich würde dir mehr geben, aber ich werde deinen Einsatz für deinen neuen Job berücksichtigen. Leider hast du dich entschieden, mit deinem Daddy zu streiten und seine Autorität in Frage zu stellen. Das ist eine ernste Sache."

„Es tut mir leid, Daddy. Ich werde es nicht wieder tun", versprach sie.

„Das freut mich zu hören, Roni. Ich dachte an zwanzig Schläge, aber ich werde sie auf fünfundzwanzig erhöhen, damit du nicht vergisst, dein Versprechen zu halten."

„Ich werde es nicht vergessen. Wirklich!" Sharon sah ihn wieder an. Sicherlich würde er ihr glauben.

„Ein Versprechen gegenüber deinem Daddy zu brechen, wäre sehr ernst", warnte er, bevor er fortfuhr. „Also, fünf, weil du nicht auf dich aufgepasst hast, fünfundzwanzig, weil du dich meinen Befehlen widersetzt hast ... Habe ich etwas vergessen?"

„Nein. Sie haben nichts vergessen. Das ist zu viel. Ich werde morgen nicht sitzen können."

„Danke, dass du mich daran erinnerst. Ich glaube, du brauchst noch eine Sache, um dich daran zu erinnern, dass du dich nicht mit deinem Daddy streiten sollst." Knox griff in die Tasche seiner Khaki-hose und holte einen glänzenden Gegenstand heraus, der noch in schützendes Zellophan eingewickelt war. Als sie es entsetzt anstarrte, stellte er es in ihrem Blickfeld auf den Schreibtisch, bevor er auch noch ein Glas mit Gleitmittel dort platzierte.

„Daddy, nein!"

„Vielleicht war ich zu nachsichtig mit dir, Roni. Es ist an der Zeit, dass du begreifst, dass ich dein Daddy bin. Ich bin hier, um dich zu lieben und zu unterstützen, aber auch, um dich zu führen und zu beschützen - auch vor dir selbst."

„Nein, Daddy. Ich werde gehorchen. Ich verspreche es."

„Dafür werde ich sorgen, mein kleines Mädchen."

Ohne Vorwarnung landete seine Hand fest auf ihrem Po. Sharon schrie überrascht auf, als plötzliche Hitze und stechender Schmerz eine Backe ihres Hinterns heimsuchten.

„Schh, Roni. Du willst doch Pete nicht erschrecken. Er arbeitet heute Abend im Sicherheitsdienst", warnte Knox, während er ihr weiter den Hintern versohlte, bevor er ankündigte: „Fünf."

Die Hitze wuchs auf ihrer Haut, während Knox methodisch ihre Strafe verteilte. Bei zehn hielt er inne, um ihr Gesäß zu reiben. „Ein

Drittel des Weges ist geschafft, Roni. Du nimmst deine Strafe sehr gut auf, Baby. Daddy ist stolz auf dich", lobte er.

Unfähig, ihrer eigenen Reaktion zu trauen, fühlte Sharon einen Anflug von Glück in ihrer Brust aufflackern. Sie sollte keinen Spaß daran haben, tadelte Sharon sich selbst, als ihr Daddy fünf weitere Schläge auf ihre erhitzte Haut verteilte. Die nächsten fünf landeten tief in den Beugen ihrer Oberschenkel und streiften ihre entblößte Muschi.

Dieses Mal, als er aufhörte, um zwanzig anzukündigen, strichen Knox' Finger durch die schlüpfrigen Säfte, die die Haut ihrer inneren Schenkel und Lippen bedeckten. Seine Liebkosungen mischten das brennende Feuer ihrer Bestrafung und ihre Erregung über seine Kontrolle.

Sharon versuchte, ihre Beine weiter zu spreizen, damit er sie intimer berühren konnte, aber ihr Slip um ihre Knie schränkte ihre Bewegungen ein. Als er seine Hand hob, um sie erneut zu versohlen, stöhnte sie enttäuscht auf.

„Daddy weiß es, Roni. Er sieht, wie gut du deine Bestrafung verträgst. Gute Mädchen werden belohnt ... danach."

„Bitte", wimmerte sie. Ihr Wunsch, die Akte des neuen Mitarbeiters zu vervollständigen, schien jetzt völlig bedeutungslos zu sein. Wie zum Teufel hatte sie die Zeit mit ihrem Daddy aufschieben können?

„Schhh, Roni. Daddy kümmert sich um dich", versprach er.

Die letzten zehn Hiebe flogen in einem Strudel aus Schmerz und Erregung vorbei. Ihr Hintern fühlte sich an, als würde er in Flammen stehen. Sharon ließ sich schluchzend über den Schreibtisch fallen. Als Knox sie hochhob, um sie an seine Brust zu legen, klammerte sie sich an sein Poloshirt.

„Dreißig. Das war's, Roni. Das hast du so gut gemacht, Kleines", lobte er sie.

„Ich ... Ich werde nie ... wieder böse sein", versprach sie und stotterte, um die Wirkung ihrer Züchtigung zu untermauern.

„Doch, das wirst du. Kleine Mädchen brauchen Schläge zur Erinnerung daran, wer das Sagen hat", versicherte er ihr.

Knox drückte sie fest an seine Brust. Als ihre Tränen versiegten, nahm er sie in die Arme und setzte sich auf ihren Bürostuhl.

„Oh!" Sharon keuchte, als ihr Gewicht auf ihrer bestraften Haut landete.

Knox küsste sie nur auf die Schläfe und beugte sich dann vor, um ihr das Höschen über ihre Pumps zu ziehen. Er lehnte sich zur Seite, um es in seine Hosentasche zu stecken.

„Was wirst du damit machen?", flüsterte sie.

„Ich werde es für dich aufbewahren, bis wir zu Hause sind. Lass uns deinen Erinnerungsstöpsel in deinen Hintern stecken und dann können wir gehen."

„Ich will das nicht in meinem Hintern haben", jammerte sie und hasste den Klang ihrer eigenen Stimme, als sie wieder auf den Schreibtisch blickte, wo es neben einer Pfütze ihrer Tränen lag.

„Ich weiß. Willst du auf meinem Schoß liegen oder auf dem Schreibtisch, kleines Mädchen?"

„Schoß", flüsterte sie.

Knox hob Sharon mühelos auf ihre Füße. „Stell den Stöpsel und das Glas für Daddy auf die Tischkante, Roni", wies er sie an.

Sharon sah ihn an, ungläubig darüber, dass er sie gebeten hatte, ihm zu helfen. Sie wollte das Ding nicht anfassen. Sie schüttelte den Kopf und lehnte ab.

„Roni", sagte er geduldig. „Der Plug wird in deinen Hintern kommen. Wie lange er dort bleibt, hängt jetzt von dir ab."

Seine Worte wirbelten in ihrem Kopf durcheinander, als sie über deren Bedeutung nachdachte. Sharon schluckte schwer und griff nach dem Plug, der auf ihrem Schreibtisch lag. Er war schwerer, als sie es sich vorgestellt hatte und kalt, sogar durch die Plastikhülle hindurch. Schnell legte sie ihn auf die Ecke des Schreibtisches, bevor sie das Gleitmittel dazustellte.

„Bitte, Daddy", versuchte sie ein letztes Mal.

„Roni, hast du es verdient, den Plug zu tragen?", fragte Knox leise.

Sie schüttelte den Kopf, aber er zog eine Augenbraue hoch, was sie zum Nachdenken brachte. „Ich wollte nicht böse sein", flüsterte sie.

„Du bist ein sehr gutes Mädchen, Roni. Ich habe dich sehr lieb. Ich weiß, wenn du das hier trägst", Knox hob den Stöpsel auf und riss die zerknitterte Verpackung auf, als sie ihn entsetzt anstarrte, bevor er fortfuhr, „wird es dir helfen, dich zu erinnern."

Als sie ihm dabei zusah, wie er den Deckel des Gleitmittels abschraubte, wanderte ihre Hand nach hinten, um sich unbemerkt ihren heißen Po zu bedecken. Knox drückte den silbernen Plug in die Gleitmitteldose und legte ihn zurück auf den Schreibtisch. Er streckte die Hand aus und zog sie über seine harten Oberschenkel.

„Fingerspitzen auf den Teppich, Roni", wies er sie an, während er ihre roten Backen spreizte, um die kleine Öffnung zwischen ihnen freizulegen.

Sharon schloss die Augen, als sie spürte, wie die kalte Spitze gegen ihren Eingang drückte. Sie versuchte, ihre Muskeln anzuspannen, um ihn draußen zu halten, aber Knox überwand ihren Widerstand leicht, indem er ihren Po weiter aufzog. Langsam schob sich der Eindringling in sie hinein. Die kühle Oberfläche ließ sie erschaudern, als er tiefer eindrang. Gerade als sie dachte, er würde nicht in sie hineinpassen, entspannte sich ihr Körper und der Plug glitt vollständig in sie hinein.

Knox klopfte darauf und bewegte ihn nach links und rechts, um sicherzugehen, dass er richtig saß. „Alles drin, Roni. Lass uns dich aufrichten. Es ist Zeit, nach Hause zu gehen."

Verwirrt von seiner Einstellung, sie könne so tun, als sei nichts passiert, ließ Sharon sich von ihm auf die Beine helfen. Bei jeder Bewegung, die sie machte, verschob sich der Stecker in ihr. Während sie so dastand und versuchte, sich darauf einzustellen, schnappte sich Knox ein paar Taschentücher und wischte ihr die Erregungssäfte ab, die an den Innenseiten ihrer Oberschenkel herunterliefen. Er zerrte ihren Rock wieder an seinen Platz und stand auf, um ihr mit frischen Tüchern das Gesicht abzuwischen.

„Perfekt. Lass uns von hier verschwinden", schlug er vor und nahm ihre Hand, um sie zur Tür zu führen.

Keuchend protestierte sie: „Ich kann mit dem Ding in mir nicht laufen ... Und ich brauche mein Höschen. Ich kann nicht ohne Unterwäsche durch das Gebäude gehen."

„Natürlich kannst du das."

Knox hielt ihre Hand fest in seiner, während er zur Tür ging und sie aufschloss. „Hast du alles, was du brauchst?"

„Meine Handtasche", flüsterte sie.

„Geh und hol sie, Roni. Ich warte hier."

Seine wissenden dunklen Augen beobachteten, wie sie die kurze Strecke mit kleinen Schritten zurücklegte. Jede Bewegung rüttelte an dem Gerät, das ihren Hintern ausfüllte, während ihre versohlte Haut gegen das seidige Futter ihres engen Rocks rieb.

„Knox ..."

„Du schaffst das", ermutigte er sie und hielt ihr die Hand hin.

Sharon schluckte schwer und ging vorwärts. Sie schätzte seine Geduld, als er sie zum Eingang führte. Ohne zu zögern verabschiedete Knox Pete an der Rezeption und hielt ihr die Tür auf.

Der Weg über die Grünfläche zu ihrer Wohnung verging wie im Fluge. Knox führte sie durch die geselligen Littles in der Lobby, um den Aufzug nach oben zu nehmen. Bald darauf drückte er ihr die Hand zum Öffnen der Tür.

„Gut gemacht, Little Girl. Du verdienst eine Belohnung", lobte er sie, als er die Tür hinter ihnen schloss.

„Nimmst du das raus?"

„Bald", versprach er. Knox kniete sich zu ihren Füßen und half ihr, aus ihren Büro-Pumps zu steigen, bevor er ihren Rock öffnete und ihn über ihre Hüften schob, so dass sie von der Taille abwärts nackt war.

Ihre Finger verhedderten sich in der seidigen Bluse, die sie trug, und sie merkte, dass er sie absichtlich teilweise bekleidet ließ, damit sie sich noch nackter fühlte. Knox stand auf und hob sie in seine Arme. Er trug sie zu einem armlosen Stuhl, setzte sich mit ihr auf seinen Schoß und schob den Plug weiter in sie hinein.

Sharon krümmte ihren Rücken und versuchte, sich aus der sitzenden Position zu winden, aber Knox hielt sie fest an sich gedrückt, wobei ein muskulöser Unterarm um ihre Taille gelegt war. Er hob einen ihrer Oberschenkel an und legte ihn über seinen, bevor er den Vorgang mit dem anderen wiederholte.

Als er seine Beine spreizte, keuchte Sharon auf, als sich ihre Beine weit öffneten. Seine freie Hand strich über den seidigen Stoff ihrer Bluse, um über ihre entblößten rosa Lippen zu fahren. Sie blickte über ihre Schulter, um sein Gesicht zu sehen. Verlangen zeichnete sich auf

Knox' Gesicht ab. Trotz des Stöpsels in ihrem Arsch wackelte Sharon gegen ihn und spürte, wie seine Erregung gegen sie drückte.

Seine Finger streichelten sie intim. Knox war ein aufmerksamer Liebhaber. Er hatte sich die besonderen Stellen eingeprägt, die sie erregten. Jetzt nutzte er diese Informationen, um sie zu quälen.

Es dauerte nicht lange. Sharon explodierte in einem Orgasmus, der ihren Körper erschütterte. Während sie sich um den Eindringling in ihrem Inneren krampfte, streichelte er sie weiter, bis sie erneut kam.

„Daddy?", fragte sie, ohne zu wissen, was sie brauchte.

„Fühlst du dich jetzt wie ein braves Mädchen, Roni?"

„Ja!", antwortete sie zittrig.

„Daddy weiß, was du brauchst, nicht wahr?", fragte er, als er aufstand und sie in seinen Armen hielt.

Entspannt in seinen Armen, spürte Sharon nichts von dem Stress, der sich im Laufe der Woche aufgebaut hatte. Sie konnte an nichts denken - nur fühlen. „Danke, Daddy."

„Oh, ich bin noch nicht fertig", versprach er und trug sie ins Schlafzimmer.

Sekunden später drückte Sharon Küsse auf seine Schulter, während er sie stützte. Ihr Daddy kümmerte sich sehr gut um sie.

KAPITEL 13

Sharon betrachtete die hochkompetente Frau auf der anderen Seite ihres Schreibtisches. Die atemberaubende Blondine war ebenso brillant wie intelligent. Sie kannten sich schon seit dem ersten Tag, an dem Belinda für Edgewater Industries gearbeitet hatte. Easton hatte sie schnell durch die Reihen der Technologieabteilung befördert. Jetzt hatte sie sich für die neueste Stelle beworben, mit deren Personalfindung Easton Sharon beauftragt hatte.

„Belinda. Ich bin so froh, dich zu sehen."

„Danke, dass ich mit dir über die Stelle im Bereich Cybersicherheit sprechen durfte. Es ist eine unglaublich komplexe Aufgabe, für die physische Sicherheit eines so großen Unternehmens wie Edgewater Industries zu sorgen."

„Erzähl mir nichts! Mit Niederlassungen in Übersee und Gebäuden in wichtigen Städten weiß ich nicht, wie Knox seinen Daumen fest am Puls von allem hält, was passiert", stimmte Sharon zu.

„Er ist gut in dem, was er tut. Er hat eine Menge Erfahrung. Die Leute in den verschiedensten Branchen respektieren Knox. Es ist offensichtlich, dass er sein Handwerk versteht." Belinda resümierte ihren Eindruck vom Sicherheitschef kurz und bündig.

„Erzähl mir von deinen Erfahrungen mit Cybersicherheit. Das

scheint ein sich schnell veränderndes Gebiet zu sein. Ich glaube immer wieder kurz, es grob verstanden zu haben, aber dann entwickelt sich doch etwas Neues und es kommen andere Fähigkeiten hinzu", gestand Sharon, die hoffte, von ihrer Freundin mehr zu erfahren.

Sharon wusste, dass sie sich auf einem schmalen Grat bewegte. Sie vertraute der Frau auf der anderen Seite des Tisches, weshalb sie ein Vorstellungsgespräch mit ihr als Anwärterin für diese Stelle führte, aber gleichzeitig auch Informationen aus einer sicheren Quelle sammelte.

„Ich habe eine Menge Kurse besucht und Kontakte in der Cybersicherheitsbranche geknüpft. Die Einzelheiten meines Studiums findest du in meinem aktualisierten Lebenslauf", erklärte Belinda.

„Das hatte ich schon bemerkt. In ein paar Monaten wirst du deinen Master in Wirtschaft mit Schwerpunkt Technologie machen." Sharon verwies auf ihre Notizen. „Glückwunsch! Das ist erstaunlich."

„Ich danke dir. Ich muss noch die letzten Aufgaben und Tests erledigen, aber ich habe während dieses Prozesses viel gelernt", erzählte Belinda.

„Erzähl mir doch mal, was es damit auf sich hat. Was würdest du am ersten Tag tun, wenn Easton dich für die Stelle im Bereich Cybersicherheit auswählt?"

„Ich habe bereits einen einzigartigen Einblick in die technische Abteilung hier bei Edgewater Industries. Ich wäre sofort bereit, Sicherheitsprotokolle einzuführen", sagte Belinda selbstbewusst.

„Kannst du mir ein Beispiel für eine Sache nennen, die du in der ersten Woche einführen würdest?"

„Auf jeden Fall. Viele Angriffe in der Vergangenheit waren opportunistisch - ein Angestellter lädt einen Virus von einem infizierten Flash-Laufwerk hoch oder öffnet einen E-Mail-Anhang in der Erwartung, ein süßes Welpenbild zu sehen, stattdessen verschafft er einem Angriff Tür und Tor oder öffnet eine Hintertür ins Unternehmen. In der ersten Woche würde ich mich auf die Schulung der Mitarbeiterinnen und Mitarbeiter konzentrieren, während das Netzwerk gründlich auf Schwachstellen untersucht wird."

Ihre Antwort beeindruckte Sharon. Belinda hatte eine fertige

Lösung für einen innovativen Anfang. „Könntest du alle Mitarbeitenden in kurzer Zeit schulen?"

„Ein einfaches Modul, das die Mitarbeiter von Edgewater auf ihren Computern sehen können, wäre leicht zu erstellen und umzusetzen. Es müsste nicht sehr umfangreich sein - eine Online-Schulung nach dem Motto ‚Aus diesen Gründen sollte man das nicht tun' würde ausreichen", empfahl Belinda. „Das ‚Warum' ist wichtig. Das hilft den Leuten, sich daran zu erinnern, die Richtlinien zu befolgen.

„Ich finde es gut, dass du dir darüber bereits Gedanken gemacht hast. Eine letzte Frage: Welche Unterschiede siehst du bei den Verantwortlichkeiten zwischen der Leitung der Cybersicherheit und der Technischen Leitung?" erkundigte sich Sharon.

„Die Position der Leiterin oder des Leiters der Cybersicherheit ist spezialisiert. Er oder sie kümmert sich nur um die Verhinderung und Minimierung von Online-Bedrohungen. Die Aufgabe des Technischen Leiters ist es, alles zu verwalten, von der Bereitstellung von Computern bis hin zu den verwendeten Systemen", erklärte Belinda.

Sharon stand auf und reichte Belinda die Hand. „Danke, dass du dich für diese Stelle beworben hast. Ich möchte darauf hinweisen, dass es mehrere Kandidaten gibt und ich werde weitere Bewerbungen einholen, damit Easton die besten Köpfe zur Auswahl hat. Diese Entscheidung wird nicht schnell fallen und es wird wahrscheinlich zu weiteren Gesprächen kommen."

„Danke, dass du mich in Betracht gezogen hast. Ich bin vielleicht nicht die Kandidatin mit der größten praktischen Erfahrung in diesem speziellen Bereich, aber du kennst mich. Ich bin unermüdlich auf der Suche nach Informationen und der Erweiterung meiner Fähigkeiten. Während meiner Arbeit bei Edgewater Industries habe ich mir das Erlernen der technologischen Struktur des Unternehmens zur Priorität gemacht. Ich denke, dass mein Wissensstand, mit dem des derzeitigen Leiters der Technologieabteilung mithalten kann."

„Ich habe mich immer auf dich verlassen, wenn ich Hilfe und Rat brauchte. Ich danke dir, Belinda." Sharon begleitete sie zur Tür.

Als sie an ihren Schreibtisch zurückkehrte, ergänzte Sharon ihre Notizen. Wie bei jedem Bewerber fügte sie die Vor- und Nachteile hinzu, die ihr bei der endgültigen Entscheidung helfen würden, zwischen den einzelnen Interessenten zu unterscheiden. Als sie der Meinung war, dass sie alles ausreichend zusammengefasst hatte, legte Sharon alle Unterlagen in einem Ordner auf ihrem Desktop ab und sicherte sie im virtuellen Speicher des Unternehmens.

Als Sharon auf die Uhr sah, rief sie ihren Terminkalender auf. Es war fast Mittagszeit. Sie beschloss, alles in ihrer Mailbox zu erledigen, bevor sie sich an die nächste Aufgabe auf ihrer Agenda machte. Sharon war fast fertig mit dem Beantworten und Sortieren der Nachrichten, als eine Meldung auftauchte.

Ein neuer Bewerber hatte sich für die Stelle im Bereich Cybersicherheit beworben. Seine Zeugnisse waren mehr als beeindruckend. Sharon googelte seinen Namen, um weitere Informationen zu erhalten. Nachdem sie die aufgelisteten Einträge gescannt hatte, nahm sie den Hörer ab und wählte die Verwaltungsassistentin des Geschäftsführers an.

„Hey, Piper. Ich bin's, Sharon. Kannst du mir einen Termin bei Easton verschaffen?"

„Sein Terminkalender ist voll. Da gibt es keinen Spielraum mehr. Wenn es dir nichts ausmacht, während des Gesprächs zu essen, lasse ich dir etwas aus der Cafeteria bringen. Er packt gerade ein Sandwich an seinem Schreibtisch aus. Willst du nach oben kommen, um mit ihm ein Power-Lunch zu machen?", schlug Piper vor.

„Ich bin schon auf dem Weg. Bestell mir einen Chefsalat mit Ranch-Sauce, bitte."

Sharon schob ihren Stuhl zurück und machte sich auf den Weg zum Aufzug. Sie würde sich bei Piper bedanken, wenn sie persönlich im Büro ankam. Da sie jahrelang an Pipers Schreibtisch gesessen hatte, schätzte sie ihr kreatives Denken. Die Angestellten der Cafeteria würden wahrscheinlich vor Sharon im Penthouse-Büro sein. Sie unterstützten den Firmeninhaber und seine Angestellten voll und ganz.

Ich liebe diesen Job. Sharon drückte ihre Hand auf das Bedienfeld.

Ein kräftiger Arm legte sich um sie und riss Sharon aus ihren Gedanken. „Knox! Ich bin so froh, Sie zu sehen."

„Roni, hast du Zeit zum Mittagessen?", fragte der gutaussehende Mann mit einem umwerfenden Lächeln.

„Können wir das verschieben? Ich bin mit Easton zum Mittagessen verabredet. Das war die einzige Zeit, die Piper für mich einplanen konnte", erklärte Sharon.

„Aber natürlich. Die Arbeit geht vor", kommentierte er, bevor er sich zu ihr hinunterbeugte und ihr ins Ohr flüsterte: „Bis fünf Uhr."

Sofort kamen ihr seine Bestrafung und die anschließende Belohnung vom letzten Mal, als sie Überstunden gemacht hatte, in den Sinn. „Ich werde später eine Pause machen und zu dir kommen. Vielleicht können wir einen kurzen Spaziergang machen?"

„Das würde mir gefallen", antwortete Knox und führte sie zum Aufzug, dessen Türen sich öffneten. „Bis später, Sharon."

Ihre Blicke trafen sich und eine stille Kommunikation flammte zwischen ihnen auf, bis sich die schweren Türen schlossen. Sie konnte sich nicht vorstellen, Knox nicht mehr in ihrem Leben zu haben. Der große Mann nahm einen noch größeren Platz in ihrem Herzen ein. Sharon wusste, dass nur ein ganz besonderer Mann ein Daddy sein konnte. Wie sie das Glück gehabt hatte, Roger in ihrem Leben zu haben und nun Knox zu finden, wusste Sharon nicht.

Als sich die Türen im obersten Stockwerk wieder öffneten, entdeckte Sharon Piper mit einer großen Schüssel Salat in den Händen. „Wow! Du hattest Recht. Die sind fantastisch!"

Piper blieb stehen und sah sie an. Zögernd schritt sie vorwärts, bis sie dicht vor ihr stand. „Darf ich sagen, dass du glücklicher aussiehst, als ich dich je gesehen habe?"

„Danke, Piper." Sharon lächelte die Frau an, die ihren Platz eingenommen hatte, als Roger seine letzte Reise angetreten hatte. Bei dem Versuch, sich um den Mann zu kümmern, den sie so lange geliebt hatte und in dem Wissen, dass sie das Unvermeidliche nicht aufhalten konnte, hatte Sharon den Kopf nur über Wasser halten können, nachdem sie sich getroffen hatten.

„Knox?", fragte Piper.

„Er hat mich ins Leben zurückgeholt", gestand Sharon.

„Daddys machen alles besser", flüsterte Piper, als sie ihr den Salat überreichte.

Als sie zurücktrat, wies Piper an: „Easton wartet darauf, mit dir zu reden. Ich bringe dir gleich etwas Wasser."

„Danke, Piper."

Sharon betrat das Büro und fand ihren Chef an seinem Schreibtisch vor. „Du arbeitest zu viel", bemerkte sie, als sie die Papierstapel auf seinem Schreibtisch sah.

„Es gibt eine Menge aufregender Dinge, die gerade in einem Rutsch passieren. Sag mir, womit ich dir behilflich sein kann."

„Ich arbeite an der Stelle für Cybersicherheit."

„Und?"

„Gib den hier in deine Suchmaschine ein", wies Sharon ihn an und buchstabierte den Namen des Bewerbers, den sie gerade recherchiert hatte.

„Aus irgendeinem Grund kenne ich diesen Namen", murmelte Easton, während er tippte. Als die Informationen auf seinem Bildschirm erschienen, schaute er Sharon erstaunt an. „Du planst ein Vorstellungsgespräch, stimmt's?"

„Gleich nach dem Mittagessen. Ich würde gern ein Leistungspaket besprechen, das seinem Erfahrungsstand entspricht", schlug Sharon vor.

Die beiden arbeiteten während des Mittagessens. Sie würden während des Vorstellungsgesprächs zunächst herausfinden müssen, ob der neue Bewerber zur Unternehmenskultur von Edgewater Industries passte, bevor sie ihm ein spezielles Angebot unterbreiten konnten.

„Ich möchte, dass du fragst, wie Mr. Morales von der Stelle erfahren hat."

„Auch das würde mich interessieren. Um die Stelle auszuschreiben, habe ich überall meine Fühler ausgestreckt. Ich hatte nicht damit gerechnet, den Mann zu erreichen, der als Experte auf diesem Gebiet gilt." Sharon zuckte verblüfft mit den Schultern.

Easton lehnte sich in seinem Ledersessel zurück und sah sie mit verschränkten Fingern an, bevor er sich näher zu ihr beugte: „Ich wusste, dass du diejenige bist, die ich für diese Stelle brauche, Sharon. Natürlich hätte ich dich nie freiwillig aus meiner Verwaltung genommen. Und ich hätte auch nie gewollt, dass Roger krank wird und dich entführt."

„Ich vermisse ihn, Easton. Er wird immer einen Platz in meinem

Herzen haben. Roger sagte mir, ich solle mein Leben leben. Ich verstehe nicht, woher er wusste, dass ich noch eine Chance auf Glück haben würde", vertraute Sharon dem Mann an, der jahrelang ihr enger Freund gewesen war.

„Also, Knox?", fragte Easton mit einem Lächeln.

„Er macht mich jeden Tag glücklicher", bestätigte Sharon und erwiderte sein Lächeln.

Der Summer der Gegensprechanlage auf Eastons Handy klingelte. Pipers Stimme verkündete, dass sein nächster Termin gekommen war.

„Ich bin hier in dreißig Sekunden fertig, Piper."

Easton stand auf, um Sharon zur Tür zu begleiten. „Halten Sie mich auf dem Laufenden", bat er, während Piper hereingestürmt kam, um das Geschirr vom Mittagessen abzuräumen.

Sharon drehte sich an der Tür um und sah, wie Easton eine Haarsträhne aus Pipers Gesicht strich. Sie glaubte gern daran, dass gute Dinge immer zu den Menschen kamen, die sie verdienten. Easton und Piper waren definitiv der Beweis dafür. Mit einem Nicken in Richtung des Mannes im Wartebereich nahm Sharon dem Aufzug zurück in ihr Stockwerk.

KAPITEL 14

„Brauche ich auch einen langen Mantel?", fragte Sharon, als Knox sich einen knielangen Mantel überzog. „Es sieht ziemlich warm aus da draußen."

„Ich denke, du wirst in deiner Jacke gut zurechtkommen, Roni. Ich komme nie dazu, diesen Mantel zu tragen. Warum also nicht heute?", sagte er leichthin. „Musst du aufs Töpfchen?"

„Nein. Na ja, vielleicht."

Sharon huschte durch sein Haus zum Badezimmer, wohl wissend, dass er ihr folgte. „Ich weiß nicht, wie Sie das machen. Immer, wenn Sie fragen, muss ich wieder gehen."

Knox half ihr aus der Jeans und dem Höschen, bevor er sich an die Wand lehnte, während sie pinkelte. „Daddy Power", kommentierte er mit einer Miene, die sie kichern ließ.

„Daddy!", protestierte sie.

Nachdem Knox sich darum gekümmert hatte, ihre Kleidung zurechtzurücken, war Sharon bereit zu gehen. Er führte sie zur Hintertür und legte ihr eine warme Hand auf den Rücken. Er hob sie in den Geländewagen und schnallte sie an. Und schon waren sie unterwegs.

„Wohin fahren wir?", fragte Sharon, als Knox sich durch einen Feldweg schlängelte, der durch die Bäume führte. „Sie nehmen mich doch nicht wieder auf einen Parcours mit, oder?" Allein der Gedanke an das Erlebnis mit Knox, als sie zur Arbeit zurückgekommen war, brachte sie zum Lächeln. Mit anderen an einem gemeinsamen Ziel zu arbeiten, war eine Erfahrung gewesen, von der sie in ihrer neuen Position oft profitiert hatte.

„Nö. Apropos, Ich habe Derek letzte Woche gesehen."

„Wirklich? Hat er den Rasen gemäht?"

„Er hat sich für einen Job im Sicherheitsdienst beworben. Er hat einen gewissen militärischen Hintergrund und würde gut zum Team passen", erzählte Knox.

„Das gefällt mir. Werden Sie ihm den Job geben?", fragte sie und lehnte sich über die Konsole, um seinen harten Oberschenkel zu liebkosen.

„Er fängt am Montag an", sagte Knox und parkte seinen Geländewagen in einem von Bäumen befreiten Bereich.

„Was ist das? Es sieht so aus, als wolle jemand hier ein Haus bauen?" sagte Sharon und schaute aus dem Fenster, um das Grundstück zu begutachten. „Es hat einen herrlichen Blick auf den See. Hey, das sieht aus wie die Bucht, in der wir waren und ... ist das Ihr Boot, das da unten angedockt ist?"

„Ja, ja, ja, und ja."

Sie starrte ihn wortlos an.

„Das ist meine Bucht. Das ist mein Boot. Jemand baut hier ein Haus und wir werden einen wunderschönen Blick auf den See haben. Es ist eine fünfzehnminütige Fahrt vom Edgewater-Campus und unseren Büros entfernt."

„Fünfzehn Minuten", wiederholte sie, während sie sich bemühte, all diese Informationen zu verarbeiten. Ein weiteres Haus am See? Das Ersatzhaus, für das Haus das durch den Sturm zerstört worden war, war noch im Rohbau. Sharon besuchte es nicht gern. Der Schrecken, fast umgekommen zu sein, hatte ihr den Wunsch genommen, wieder auf diesem Stück Land zu leben. Sie zog es vor, es so in Erinnerung zu behalten, wie es gewesen war.

„Ich dachte, du wärst vielleicht daran interessiert, Rogers und dein Haus am See zu verkaufen, wenn es fertig ist", mutmaßte er.

„Ich glaube nicht, dass ich jemals wieder dort leben könnte", gestand sie. „Ich liebe das Leben am Wasser. Es besteht kein Zweifel, dass ich es vermisse."

Knox wies mit einer Geste auf den atemberaubenden Anblick vor ihnen. „Ich habe dieses Grundstück gekauft, als ich zu Edgewater Industries kam. Easton hat den Rest des Ufers gekauft. Ich habe die Pläne gesehen. Er denkt daran, in der nächsten Bucht ein Haus für Piper zu bauen. Dieses Gebiet grenzt an die Türme, ist aber durch die Bäume abgegrenzt."

„Was hat er mit dem Rest des Landes vor?", fragte Sharon.

„Es ist für Wohnungen vorgesehen. Ich habe mit Easton gesprochen. Er hat nicht vor, in der Nähe des Wassers Industriegebäude zu errichten. Er will die Grünfläche erhalten."

„Das ist schön. Haben Sie schon Pläne für das Haus geschmiedet?"

„Nein, Roni. Das ist etwas, was ich mit meinem kleinen Mädchen machen möchte. Ich möchte, dass dies unser Haus wird. Speziell für unser gemeinsames Leben entworfen", sagte Knox leise, während er auf sie zuging und sie umarmte.

„Sie könnten meiner überdrüssig werden", flüsterte sie.

„Ich habe vor, jeden Tag mit dir zu genießen, Roni, wenn du mich lässt. Wir wissen beide, dass das Leben kurz ist und wir nicht wissen, was vor uns liegt. Ich werde nie genug von dir haben. Ich kann mir vorstellen, dass du mich so lange auf Trab halten wirst, wie ich auf diesem Planeten weile."

„Das macht mir Angst, Knox. Ich habe schon einen Daddy verloren", sagte sie mit Tränen in den Augen.

„Roger war ein guter Mann."

„Ich bin wieder glücklich mit Ihnen."

„Und ich liebe dich jeden Tag mehr. Es klingt wie ein großer Schritt, aber wir waren seit dem Sturm nicht mehr voneinander getrennt."

„Ich liebe Sie auch, Knox. Ich hätte nicht gedacht, dass ich jemals wieder so viel für jemanden empfinden würde."

„Also, wir sehen uns Hauspläne an und sprechen mit einem Bauunternehmer."

Sharon nickte und wippte vor auf ihre Zehenspitzen, um ihre Lippen auf seine zu pressen. Es war immer eine Herausforderung, seine enorme Statur zu erklimmen. Knox legte einfach einen Arm um ihre Taille und hob sie hoch, um den Kuss zu verlängern. Als er sie wieder auf dem Boden unter ihnen stellte, atmeten sie beide schwer.

Knox umfasste zärtlich ihren Kiefer und schaute ihr in die grünen Augen. „Kleines Mädchen, ich hätte noch fünfzig Jahre auf dich gewartet. Ich möchte dich ganz für mich beanspruchen."

Sharons Augen weiteten sich und füllten sich dann mit Tränen, als sie sah, wie Knox zurücktrat und in seine Tasche griff. Sie schnappte nach Luft, als er auf ein Knie sank und ihr ein kleines Samtkästchen entgegenstreckte, das sie öffnete und jeweils einen atemberaubenden diamantenen Verlobungs- und Ehering zum Vorschein brachte. Ihr Herz fühlte sich an, als ob es zerspringen würde, als sie seinen Worten lauschte.

„Sharon Ross, dein Lebensmut und deine liebevolle Art überwältigen mich jeden Tag. Das kleine Mädchen in dir, welches du mutig genug bist, mit mir zu teilen, fesselt und verzaubert mich. Ich verspreche dir, dich zu lieben und für dich zu sorgen, mit meinem ganzen Herzen und meiner ganzen Kraft, für all die Jahre, die wir das Glück haben, miteinander zu verbringen. Willst du mir die Ehre erweisen, meine Braut zu werden?"

„Knox ... Ja!" flüsterte Sharon. Sie stürzte nach vorne und schlang ihre Arme um ihn, als er sich erhob.

Er hob sie von den Füßen und wirbelte sie im Kreis herum, so dass sie vor Freude kreischte und sich an seinen breiten Schultern festhielt. Als ihnen beiden schwindelig war, küsste Knox sie zärtlich, bevor er den Solitär aus dem Schmuckkästchen nahm und den Ehering wieder in seine Tasche steckte.

„Deine Hand, Roni", bat er und streckte seine nach ihr aus.

Wortlos legte sie ihre Handfläche an seine und sah zu, wie Knox ihr den Ring an den Finger steckte. „Ich weiß nicht, was ich sagen soll."

„Wie wäre es mit: ‚Ja, Daddy'?"

„Ja, Daddy", wiederholte sie lächelnd.

„Das ist mein Mädchen", lobte er und belohnte sie mit einer festen Umarmung und einem Klaps auf den Po, der sie kichern ließ.

Sharon trat zurück und starrte auf den glitzernden quadratischen

Diamanten an ihrer Hand. Er war ganz anders als der runde Diamant, den sie in all den Jahren, die sie mit Roger verbracht hatte, getragen hatte. Sharon hatte diesen Ring an dem Tag von ihrem Finger genommen, als sie die Asche ihres verstorbenen Mannes in den See gestreut hatte. Sharon fuhr mit den Fingerspitzen über den Stein und dachte darüber nach, wie viel in den Monaten seit Rogers Tod geschehen war.

„Halte die guten Erinnerungen fest, Roni und lass die anderen ruhen", sagte Knox und hob ihr Kinn mit einer sanften Berührung an.

„Danke, dass Sie diesen Ring zu etwas Besonderem für mich gemacht haben. Er ist wunderschön."

„Er muss zu der Frau passen, die ihn trägt", sagte er schlicht.

„Ich liebe Sie", flüsterte sie und stellte sich auf die Zehenspitzen, um ihn zu küssen.

„Ich liebe dich auch."

Knox trat zurück und schälte sich aus dem langen Mantel, der ihn umhüllte. Er breitete ihn auf dem Boden aus. Der riesige Mantel passte zu seiner kräftigen Muskelmasse und spannte sich wie eine breite Decke. Knox ließ sich athletisch auf den Stoff sinken und streckte einen Arm aus, um ihre Taille zu umschlingen und Sharon auf seinen Schoß zu ziehen.

„Knox! Was machen Sie da?"

„Ich glaube, mein kleines Mädchen braucht ein Nickerchen. Machen wir es uns bequem, Sharon."

„Ich kann hier draußen kein Nickerchen machen. Hier zwitschern die Vögel und man hört das Wasser gegen das Ufer plätschern", protestierte sie, als er ihr die Jacke auszog.

„Dann ruhen wir uns eben ein bisschen aus", schlug er vor.

„Ich bin zu aufgeregt. Ich will die Hauspläne sehen, mit denen Sie angefangen haben und alle Details hören. Ooh! Und wir müssen uns für ein Hochzeitsdatum entscheiden", erklärte sie und versuchte, sich wieder aufzusetzen.

Knox schlang seine Arme um sie, rollte sich auf den Rücken und legte sie auf sich. Er half ihr, sich aufzusetzen, bevor er ihr die Jeans aufknöpfte und ihr das T-Shirt über den Kopf stülpte.

„Daddy! Wir sind hier mitten im Nirgendwo. Jeder könnte vorbeifahren", protestierte sie und sah sich um.

„Hast du irgendwelche Autos gehört, seit wir von der Hauptstraße abgebogen sind?"

Sie dachte leise nach, während er den hinteren Verschluss ihres BHs öffnete. „Nein ..."

„Die Straße ist privat. Niemand kommt hierher."

„Was ist mit den Bauarbeitern?", fragte sie und winkte mit einer Hand.

„Die kommen erst wieder, wenn wir uns einen konkreten Plan für das Haus ausgedacht haben." Knox umfasste ihre Brüste mit seinen Händen. „Wir haben reichlich Zeit, um Liebe miteinander zu machen, Roni. Ich habe vor, dich in jedem Zimmer des Hauses gründlich zu vernaschen, wenn es steht. Wir fangen einfach mit dem Rasen an."

„In jedem Zimmer?", keuchte sie. „Sogar in der Waschküche?"

„Ja. Wenn ich in die Schränke passe, probieren wir die auch aus", versicherte er ihr.

„Das ist ..." Sie suchte nach dem richtigen Adjektiv, um seinen Plan zu beschreiben.

„Aufregend? Großartig?", schlug er vor.

„Das kann nur von Ihnen kommen", ergänzte sie schließlich. „Und sowohl aufregend als auch großartig!"

„Damit habe ich kein Problem, solange es auch von dir kommt." Knox setzte sich auf, um sein eigenes Hemd auszuziehen und es zu dem Haufen neben ihnen zu legen.

Sie sah zu, wie er die Erektion, die gegen seinen Hosenschlitz drückte, befreite. Plötzlich klang Liebe machen hier in der prallen Sonne wie all die Dinge, die er vorgeschlagen hatte. Aufregend, sexy und magisch.

„Ich muss meine Hose ausziehen", flüsterte sie und fühlte sich unanständig.

„Warte, das kann ich erledigen." Knox wirbelte sie herum, so dass er auf ihr lag. Er sprang auf die Füße und zog seine Schuhe aus, bevor er seine Jeans über seine riesigen Füße schob. Er griff nach Sharons Jeans und zog daran, ihren Hintern von dem Mantel hebend, so dass sie quietschte. Mit ein paar Handgriffen hatte er ihr die Turnschuhe ausgezogen. Mit ein paar Ruckbewegungen befreite er sie aus ihrer Jeans und ihrem Höschen.

Während er seine Unterwäsche über seine dicke Erektion und seine kräftigen Oberschenkel schob, beobachtete Sharon jede seiner Bewegungen. Sie konnte nicht glauben, dass er vorhatte, den Ort ihres neuen Heims so fleischlich zu erobern. Sharon liebte das verbotene, sexy Gefühl, das die Vorstellung, draußen Liebe zu machen, in ihr auslöste. Sie war so ganz anders als *die*, die sie gewesen war, bevor Knox mit einer Prise Herausforderung und dem Selbstvertrauen seiner eigenen Art, ein Daddy zu sein in ihr Leben getreten war. Sofort erregt, streckte sie die Hand aus, um seinen Hals zu umschlingen, als er sich wieder über sie erhob.

„Nach oben mit dir, Roni. Ich will dich sehen", knurrte er mit einer rauen Stimme, die seine Erregung verriet.

Blitzschnell wechselte er ihre Stellungen, wobei er Sharon mit einer kräftigen Hand an seinen harten Oberkörper presste. Als er sie in eine sitzende Position auf ihm brachte, fühlte sie sich immer noch unsicher, weil sie sich über ihm befand. Aber ein Blick auf seinen Gesichtsausdruck verwandelte ihre Verlegenheit in Kühnheit. Es gefiel ihr, dass er sie so begehrlich ansah. Sharon setzte sich aufrechter hin und schob ihre Schultern zurück.

„Verdammt, du bist so umwerfend, Roni. Ich bin der glücklichste Daddy der Welt", lobte Knox, während er mit seinen Händen über ihre Schultern und ihre Arme hinunterfuhr, bevor er die weichen Hügel umfasste, die sie ihm präsentierte.

Sharon kämpfte gegen den Drang an, die Augen zu schließen, um sich auf die Empfindungen zu konzentrieren, mit denen er ihren Körper verwöhnte. Sie wollte die wunderschöne Landschaft, die sie umgab, in sich aufnehmen. Sie wusste, dass sie sich jedes Mal, wenn sie die Singvögel in den Bäumen zwitschern hörte, daran erinnern würde, wie er hier mit ihr Liebe machte. Es würde ihre erste Erinnerung an ihr Haus sein. Eine rührselige Träne kullerte ihr über die Wange, als sie diesen Moment auskostete.

„Roni! Geht es dir gut?" Knox rollte sich zusammen und legte einen Arm um sie, während er ihr zärtlich über die feuchten Wangen fuhr.

„Das ist einfach perfekt", sagte sie und lächelte, während sie die unvergossenen Tränen fortblinzelte.

„Kleines Mädchen, du bist diejenige, die absolut perfekt ist." Knox küsste sie zärtlich, bevor er den Kontakt intensivierte. Seine intimen Erkundungen reizten und verleiteten sie dazu, sich auf ihn zu konzentrieren.

Sharon fuhr mit ihren Fingern durch sein dichtes Haar, als sie seinen Kuss erwiderte. Knox hatte die Leere in ihr, die durch Rogers degenerative Krankheit und seinen Tod entstanden war, mit süßer und feuriger Daddy-Liebe gefüllt. Er hatte sie vor der einsamen Zukunft gerettet, die sie für sich befürchtet hatte.

„Hör auf zu denken", knurrte er gegen ihre Lippen.

„Sie haben mich gerettet, Daddy", flüsterte sie.

„Ich werde immer für dich da sein, mein kleines Mädchen."

„Versprochen?", flüsterte sie und spürte, wie das letzte Stück Vertrauen, das sie suchte, in ihr einrastete.

„Ja, ich will."

Als er das Eheversprechen referierte, erinnerte sie sich an den schönen Ring an ihrem Finger. „Wir werden heiraten."

„Und du wirst für immer und ewig mein sein. Küss mich, Roni. Lass uns diesen Ort zu unserem machen."

Sharon ließ all ihre Gefühle in diesen Austausch einfließen und hoffte, ihm zeigen zu können, wie sehr sie ihn liebte. Seine Hände wanderten über ihren Körper, als ob er jeden Zentimeter von ihr zu schätzen wüsste. Schon bald wälzte sie sich auf ihm.

Eine Erinnerung an das erste Mal, als sie zusammen gewesen waren, schoss ihr durch den Kopf. Wie weit sie zusammen gekommen waren! Knox' Hände legten sich um ihre Taille und holten sie in die Gegenwart zurück. Sein Schwanz schmiegte sich an ihre Nässe. Sie wippte auf dem steifen Schaft hin und her.

„Du bringst mich noch um, Kleine", stöhnte er, rollte sich wieder zusammen und tastete in der Gesäßtasche seiner abgelegten Jeans nach seinem Portemonnaie.

Als er sie versehentlich auf sein Becken stieß, keuchten sie beide vor Lust an diesem Gefühl. Unfähig zu widerstehen, wiederholte Sharon die Bewegung, während er an seinem Portemonnaie herumfummelte. Sie umklammerte Knox' breite Schultern, als er ihre Hüften von sich hob. Der starke Mann riss das kleine Päckchen mit seinen weißen Zähnen auf, bevor er sich das Kondom überzog.

Sharon legte ihre Hand um seine Erektion, presste den dicken Kopf an ihren Eingang und ließ sich ganz langsam auf ihn herab, während er sie mit seinen Liebkosungen ermutigte.

„Verdammt, Roni. Du fühlst dich so gut an, wenn du dich um mich schließt."

Er stöhnte auf, als sie ihren engen Kanal neckisch um ihn herum zusammenzog.

„Wenn du deinen Daddy ärgerst, bekommst du einen roten Hintern, kleines Mädchen", drohte er.

Sharon hatte keine Angst vor ihm und kicherte, bevor sie ihre Muskeln wieder anspannte, nur um zu sehen, wie seine Augen ein weiteres Mal nach hinten rollten. Als sich ihre Körper trafen, wiederholte Sharon ihre kleinen Zuckungen, die sich so gut anfühlten, wenn er sie ganz ausfüllte.

Knox' Hände legten sich um ihre Hüften, als er die Kontrolle über ihr Spiel übernahm. Nachdem er sie fast von seinem Schaft gehoben hatte, rammte er ihn fest in ihren herabfallenden Körper. Der daraus resultierende Stoß schickte Schockwellen der Lust durch sie.

„Noch einmal, Daddy. Noch einmal!"

Nachsichtig stieß Knox in sie, während er ihre Kurven über ihm liebkoste. Die Hitze um sie herum nahm zu, als sich ihr Spiel in heißes Verlangen verwandelte. Sharon erfreute sich an seiner gezielten Geschicklichkeit, mit der er ihr Vergnügen immer weiter steigerte. Er streichelte über ihre Haut, suchte nach den erregenden, empfindlichen Stellen, die er sich auf ihrem Körper eingeprägt hatte. Er konzentrierte sich ganz darauf, ihr zu helfen, ihr Vergnügen zu finden. Sie bewunderte es, dass er sie so selbstlos liebte.

Sex im Freien zu haben, wo sie möglicherweise gesehen werden konnten, trotz Knox' Beteuerungen, dass niemand da sein würde, gab ihr das Gefühl, ungeniert und wagemutig zu sein. Es war außerdem befreiend und wild. Sharon hatte sich noch nie so in Kontakt mit ihrer Sinnlichkeit gefühlt. Ihr Körper reagierte begierig auf seinen

Kontakt mit ihr, während er ihr immer wieder zu ihrem Vergnügen verhalf.

Schließlich drang er mit einem kehligen Stöhnen in sie ein, das durch die Bäume widerhallte. Sharon wusste, dass das Geräusch über das Wasser zu hören sein würde und ausnahmsweise war es ihr egal. Knox presste sich gegen ihre Klitoris und verführte sie dazu, dem verlockenden Kribbeln nachzugeben, das ihren Höhepunkten vorausging. Sie gab sich der Versuchung des Vergnügens hin, als sie ihre Vagina um ihn spannte, um einen letzten Ausbruch von Glückseligkeit zu erleben.

Knox wiegte ihren Oberkörper in seinen Händen, als sie schwankte, überwältigt von ihrem Liebesspiel. Er brachte sie dazu, sich auf seine Brust zu legen. Fest an seinen harten Körper geschmiegt, atmete Sharon den sinnlichen Duft ihrer taufrischen Haut ein, der sich mit den Düften der Natur vermischte, die sie umgaben. Sie wusste bereits, dass sie dieses Haus lieben würde.

„Voraussetzung Nummer eins", erklärte Knox mit tiefer, satter Stimme. „Eine überdachte Veranda mit einem riesigen Bett, auf dem man sich herumwälzen kann. Wenn du darauf bestehst, genehmige ich ein paar Jalousien für mehr Privatsphäre."

„Transparente, fließende Gardinen", korrigierte sie und strich mit ihrer Hand über seine wohlgeformten Muskeln.

„Du hast es erfasst, Roni." Er drückte sie fest an sich, bevor er seinen Griff lockerte, als sei er sicher, dass sie nicht fliehen würde.

„Weißt du, du hast mich auch gerettet", sagte Knox leise.

Sharon wusste nicht, was sie darauf antworten sollte. Die Liebe in ihr pulsierte als Antwort auf seine Worte. Sie versprach sich, jeden Tag, den sie zusammen hatten, zu genießen. Nicht jeder bekam eine zweite Chance, glücklich zu sein. Dem Himmel sei Dank für welche Hand auch immer sie bei Edgewater Industries zusammengeführt hatte.

„Können wir zur Feier des Tages ein Eis essen gehen?", fragte sie, plötzlich hungrig von ihrem energischen Liebesspiel.

„Ich habe eine Reservierung im Les Tresors de la Mer", Knox warf einen Blick auf seine Uhr, „in zweiundsiebzig Minuten. Wollen wir uns schick anziehen und feiern?"

„Ich weiß nicht, ob ich etwas Besonderes zum Anziehen habe", zögerte sie und ging in Gedanken die Bürokleidung durch, die sie nach der Zerstörung ihres Hauses und ihres Kleiderschranks in aller Eile gekauft hatte.

„Ein neues glitzerndes Kleid wurde vor einer Stunde ins Haus geliefert."

„Wirklich? Sie haben mir ein Kleid gekauft?"

„Jedes besondere kleine Mädchen braucht ein Prinzessinnenkleid. Lass uns dich anziehen", schlug Knox vor und setzte sich auf, um ihren immer noch wackeligen Körper auf die Füße zu heben. Er folgte ihr sofort, um sie zu stützen und ihr zu helfen, die Kleidung anzuziehen, die er neben dem Mantel aufgestapelt hatte.

Erst als sie in seinen Geländewagen stiegen, dachte Sharon daran zu fragen: „Welche Farbe hat es?"

„Chartreuse", antwortete er und lächelte sie an.

„Sie haben mir ein grünes Glitzerkleid gekauft?", staunte sie.

„Es schien angemessen?"

„Daddy! Sie machen sich über mich lustig!"

„Ich schätze, du musst warten, bis wir zu Hause sind", schlug er vor.

„Zu unserem vorübergehenden Zuhause", sagte sie und deutete hinter sich. „Dort wird unser Zufluchtsort sein."

„Das hört sich gut an, Kleines."

Knox streckte seine Hand nach ihrer aus und fummelte an dem neuen Ring, der ihren dritten Finger umschloss, bevor er ihre Hand an seine Lippen führte. "Nimm dein Handy und schau nach Terminen. Ich möchte dich bald am Ende des Ganges sehen. Wer wird dich zum Altar führen?"

„Easton, natürlich. Piper kann meine Brautjungfer sein."

„Sollen wir in den Gärten der ABC-Türme heiraten?"

Sie nickte freudig und begann, nach Terminen zu suchen. *Ich frage mich, wie schnell ich ein Kleid finden kann.* Dann fiel ihr ein, dass sie nichts Ausgefallenes brauchten - nur einander.

EPILOG

„Es ist ein herrlicher Tag, um zu heiraten, Sharon", zwitscherte
Piper, als sie die Vorhänge in Sharons alter Wohnung im B-
Turm zurückwarf. Die beiden Frauen hatten beschlossen, vor der
Hochzeit dort gemeinsam zu übernachten, um sich in aller Ruhe auf
ihre Hochzeit vorzubereiten, indem sie sich die Nägel lackierten und
über ihre Daddys tratschten.

„Ich kann nicht glauben, dass ich heute heirate", gestand Sharon.

Sie und Knox hatten nicht darauf warten wollen, dass die Bauunternehmer das Haus am See fertigstellen würden. Obwohl sie wusste,
dass ihre Anstellung sicher war, wollte Sharon ihren neuen Job nicht
gleich für eine längere Hochzeitsreise verlassen. Also planten sie ein
langes gemeinsames Wochenende in einer Hütte in der Nähe des Sees
und eine ausgedehnte Hochzeitsreise in einigen Monaten. Ein Freund
von Knox, der früher als Bodyguard gearbeitet hatte, hatte versprochen, ihnen sein Haus in den Schweizer Alpen für eine Woche oder
länger zur Verfügung zu stellen, wenn sie so weit waren, sich den
Urlaub zu nehmen.

Für den Moment reichte die Hütte in einer wunderschönen, abge-
legenen Gegend. Sharon würde ein wenig Zeit allein mit ihrem
Daddy verbringen können. Ihn vier Tage lang ganz für sich zu haben,

wäre die perfekte Gelegenheit, um die Feierlichkeiten zu ihrer neuen Verbindung einzuleiten.

„Lass uns frühstücken, bevor wir uns schminken und uns in Schale werfen", schlug Piper vor, während sie auf den Zeitplan schaute, den sie im Rahmen ihrer Pflichten als Trauzeugin effizient vorbereitet hatte.

„Ich glaube nicht, dass ich etwas essen kann", gab Sharon nervös zu.

„Ein Stück Toast und etwas Kaffee?", schlug Piper vor, bevor sie die Braut daran erinnerte: „Wir kommen nie dazu, miteinander Kaffee zu trinken."

Die beiden Littles sahen sich an und lächelten. Kaffee war definitiv angesagt.

Zwei Stunden später sah Sharon zu, wie Piper den Gang zum Altar entlangschritt. Sie glättete die Spitze ihres herrlichen grünen Cocktailkleides. Da sie bei ihrer zweiten Hochzeit kein weißes Kleid tragen wollte, hatte Sharon dieses Kleid gewählt, das ihren Augen schmeichelte. Sie liebte es und fühlte sich darin exquisit. Sie drückte die Daumen und hoffte, dass es Knox aus den Socken hauen würde, wenn er sie sah.

Eine Welle der Heiterkeit schwoll in ihr an. Knox hatte diesen Satz benutzt, um ihr zu versichern, dass er wusste, dass sie etwas Unglaubliches zum Anziehen finden würde, das genau diese Wirkung auf ihn haben würde, als sie verzweifelt nach dem perfekten Kleid gesucht hatte. Typisch für Knox, dass er etwas gesagt hatte, das sie jetzt zum Lachen bringen würde, anstatt vor Nervosität die Contenance zu verlieren.

Piper hatte den gutaussehenden Mann erreicht, der mit dem Pfarrer auf sie wartete. Easton berührte ihren Arm und fragte: „Bist du bereit zu heiraten, Sharon?"

„Das bin ich", versicherte sie ihm, als sie seinen Arm nahm. Der flaue Magen von vorhin war völlig verschwunden.

Als sie zwischen den Reihen ihrer Freunde in den Gang traten, drückte Knox seine Hand auf sein Herz. Es war zu einer vertrauten Geste geworden, die er oft machte, um sie daran zu erinnern, wie sehr er sie liebte - ein stilles Signal, das er ihr überall hinsenden konnte. Dieses Mal ließ er eine zweite Botschaft folgen. Knox schlüpfte aus seinen polierten Lederschuhen und zog seine Socken aus. Er steckte sie in sein Smokingjackett und wechselte sein Schuhwerk, als sie sich ihm näherte.

Die Bilder, die der Fotograf aufgenommen hatte, würden Sharons Lieblingsbilder sein. Ihr entzücktes Lachen und die Liebe, die ihnen ins Gesicht geschrieben stand, waren perfekte Erinnerungen an den besonderen Tag, an dem sie nach vorne schritt, um ihr neues Leben mit dem Mann zu beginnen, der sich den Kosenamen Daddy wahrlich verdient hatte.

Demnächst erhältlich:
Daddy findet dich, Buch vier aus der Reihe der ABC-Türme.

Manchmal können selbst alle Daten der Welt eine Little nicht vor dem Daddy verstecken, der nach ihr sucht ...

Danke, dass Sie „Daddy rettet dich" gelesen haben!
Werden Sie Mitglied meiner Facebook-Gruppe "The PEP Squad" für exklusive Verlosungen und Kostproben zukünftiger Bücher.

Haben Sie jemals etwas wirklich Gewagtes getan? Genau das hat die USA Today-Bestsellerautorin Pepper North 2017 gemacht, als sie ein Buch auf Amazon zum Verkauf angeboten hat, ohne es vorher irgendjemandem zu sagen. Dank ihrer fantastischen Fans, der Unterstützung der Autor:innengemeinschaft, Mr. North und einem knallharten Zeitplan hat sie inzwischen mehr als 80 Bücher geschrieben!
Mögen Sie zeitgenössische, paranormale, dunkle und erotische Liebesromane, die sowohl süß als auch heiß sind? Pepper wird Sie zu einer oder einem ihrer treuen Leser:innen machen. Was steht zukünftig an? Noch mehr heiße Daddys!
Folgen Sie mir auf Ihrer Lieblingsplattform!
Auf TikTok gibt's mich auch zu sehen!

Dr. Richard's Littles®

Eine beliebte Ageplay-Reihe, in der Littles ihre Daddys und Mommys für immer finden. Dr. Richards begleitet und unterstützt sie in ihren Bemühungen, ihre Littles glücklich und zufrieden zu erziehen.

Bei Amazon erhältlich

Dr. Richards' Littles®

ist ein eingetragenes Markenzeichen von

With A Wink Publishing, LLC.

Alle Rechte vorbehalten.

SANCTUM

Pepper North entführt Sie in eine Ageplay-Gemeinschaft, die von der Außenwelt abgeschottet ist. Hier dürfen Littles klein sein und Daddys können sich um ihre Littles kümmern und sie vor der Außenwelt beschützen.
Bei Amazon erhältlich

Soldier Daddies

Auf welcher privaten Mission befinden sich diese Elitesoldaten? Sie
alle sind auf der Suche nach ihrem perfekten Little.

Bei Amazon erhältlich

The Keepers
Diese Buchreihe von Pepper North ist eine Abwandlung von zeitgenössischen Ageplay-Romanen. Sie handeln von Menschen, die von speziell auserwählten Wächtern einer außerirdischen Spezies umsorgt werden. Ageplay-Leser:innen werden diese Science-Fiction-Romane lieben!
Bei Amazon erhältlich

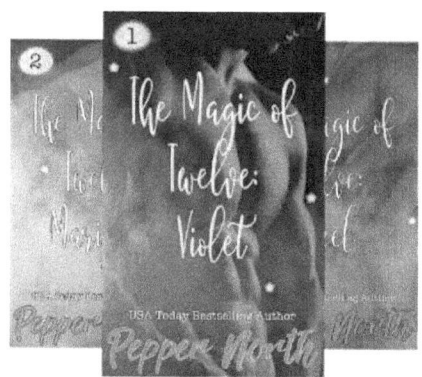

The Magic of Twelve

Zwölf Frauen werden an ihrem 22. Geburtstag in ein neues Leben als Droblin (geliebtes Kleines) des Zauberers von Bairn entführt. Die Zauberer haben lange darauf gewartet, sich voll und ganz den Bedürfnissen ihrer Droblins zu widmen. Sie werden ihren Schützling bis zum letzten Tropfen ihrer Magie vor einer wachsenden Bedrohung schützen.

Jeder Roman ist eine eigenständige Geschichte.

Bei Amazon erhältlich

NACHWORT

Wenn Ihnen diese Geschichte gefallen hat, würde ich mich freuen, wenn Sie eine aufrichtige Empfehlung auf Amazon hinterlassen könnten. Bewertungen helfen anderen Menschen, meine Bücher zu finden und mir, weitere Little-Geschichten zu schreiben. Vielen Dank im Voraus. Ich freue mich immer, wenn ich von meinen Leser:innen höre, was ihnen gefällt und was nicht, wenn sie eine Liebesgeschichte der etwas anderen Art mit Ageplay lesen. Kontaktieren Sie mich auf meiner Pepper North FaceBook-Seite, auf meiner Website unter www.4peppernorth.club oder schreiben Sie mir an meine E-Mail-Adresse 4peppernorth@ gmail.com

Haben Sie Lust, mehr Geschichten über die Littles zu lesen? Abonnieren Sie meinen Newsletter! Subscribe to my newsletter! Jede zweite Ausgabe enthält eine Kurzgeschichte und andere interessante Beiträge! Ich verspreche Ihnen, Ihren Posteingang nicht zu überschwemmen und Sie können sich jederzeit wieder abmelden. Als besonderen Clou schicke ich Ihnen eine kostenlose Sammlung von drei Kurzgeschichten, damit Sie mit dem Verschlingen der unterhaltsamen Littles-Aktivitäten loslegen können! Hier ist der Link: http://BookHip.com/FJBPQV

Folgen Sie mir auf BookBub für weitere Infos und frische Publikationen!